无界文库

025

Неточка Незванова

涅朵奇卡
一个女人的一生

Ф. М. Достоевский

[俄] 陀思妥耶夫斯基 著

郭家申 译

中信出版集团 | 北京

图书在版编目（CIP）数据

涅朵奇卡：一个女人的一生 /（俄罗斯）陀思妥耶夫斯基著；郭家申译. — 北京：中信出版社，2025.7（2025.9重印）. —（无界文库）. — ISBN 978-7-5217-7773-4

Ⅰ. I512.44

中国国家版本馆CIP数据核字第2025BF4020号

涅朵奇卡——一个女人的一生
（无界文库）

著者：　　[俄]陀思妥耶夫斯基
译者：　　郭家申
出版发行：中信出版集团股份有限公司
　　　　　（北京市朝阳区东三环北路27号嘉铭中心　邮编　100020）
承印者：　嘉业印刷（天津）有限公司

开本：787mm×1092mm 1/32　印张：9.75　字数：125千字
版次：2025年7月第1版　印次：2025年9月第2次印刷
书号：ISBN 978-7-5217-7773-4
定价：29.00元

版权所有·侵权必究
如有印刷、装订问题，本公司负责调换。
服务热线：400-600-8099
投稿邮箱：author@citicpub.com

主要人物表

涅朵奇卡·涅茨万诺娃
小说主人公,幼年丧父,母亲改嫁后因继父的堕落陷入贫困。童年经历塑造了她的讨好型人格,后通过在不同收养家庭的际遇逐渐觉醒。

叶菲莫夫
涅朵奇卡的继父,落魄乐师,涅朵奇卡童年时期的抚养者。自负又颓废的小提琴手,沉迷于"天才"幻想却拒绝努力,靠妻子的遗产度日。

X 公爵
收养涅朵奇卡的贵族,给予涅朵奇卡自由成长的环境,其家庭成为她疗愈童年创伤的重要过渡。

卡佳郡主
公爵之女,涅朵奇卡的童年挚友。活泼骄纵的贵族少女,与涅朵奇卡因一次替罪事件结下深厚友谊。她的纯粹与热情让涅朵奇卡首次感受到无条件的爱,成为其性格转变的关键人物。

亚历山德拉·米哈依洛芙娜
公爵夫人的大女儿,涅朵奇卡的养母,温柔善良。她将涅朵奇卡视如己出,教她读书并引导其思想独立。

彼得·亚历山大罗维奇
亚历山德拉·米哈依洛芙娜的丈夫,家庭冲突的制造者,表面温文尔雅,实则虚荣自私。

一

我记不起我的父亲了,他死的时候我只有两岁。我母亲又嫁了人。这次二婚给她带来很多痛苦,虽然他们的结合是出于爱情。我的继父是位乐师。他的命运非同寻常:他是我认识的所有人中最奇特、最出色的一个。他在我幼年最初的记忆中留下的印象实在太深了,以致影响了我的一生。为了使我的故事听起来明白易懂,我首先在这里介绍一下他的生平。我现在要讲的一切,都是我后来从著名小提琴手 Б 那里了解到的,他是我继父青年时的伙伴和好友。

我继父姓叶菲莫夫。他生在一个非常富有的地主所在的村庄,我继父的父亲是个穷乐师,他经历了长期的流浪生涯,才在这位地主的庄园里落了户,并受雇于他的乐队。这位地主的生活非常奢华,而且酷爱音乐。人们说，他从未出过村，甚至连莫斯科也没去过，然而有一次他却突然决定要出国去一个什么矿泉疗养地，而且只去几个星期，目的只是要听一位著名小提琴手的演奏；报上说这位小提琴手打算在矿泉疗养地举办三场音乐会。这位地主有一个相当不错的乐队，为了维持乐队的开支，他几乎花去了自己的全部收入。我的继父在这个乐队吹单簧管。他二十二岁时认识了一个奇特的人物。这个县里有一位很富有的伯爵，他为了供养家庭戏班子不惜倾家荡产。这位伯爵因自己乐队的指挥行为不端而将他解雇了，这名生于意大利的乐队指挥的人品实在太差。他被赶走后，从此忍辱偷生，潦倒不堪，总是在村里的小酒馆游荡，喝得醉醺醺的，有时候甚至向人乞讨，因此全省没有人愿意给他找个职位。可是我的继父竟然跟这样的人交上了朋友。这种交往令人无法解释，也非常奇怪，因为谁也看不出我继父因模仿朋友的样子而在自己的行为上有丝毫的变化，甚至当初不许我继父跟这个意大利人交往的地主本人，后来对他们俩的友情也只是睁一只眼闭一只眼了。最后，这个乐队指挥突然死了。尸体是农民们一大早在堤坝旁的水沟里发现的。经过尸检，原来是死于脑出血。他的财产保存在我继父那里；我继父当即拿出证明，说他完全有权继承这笔财产：死者留下亲笔字据，说自己死后叶菲莫夫就是他的遗产继承人。遗产有一件黑色燕尾服，一把小提琴；死者生前将燕尾服保存得很好，因为他一直抱有谋取个职位的希望，小提琴样子平平，看上去相当一般。没有谁对这笔遗产提出异议。然而时过不久，伯爵乐队的第一小提琴手带着伯爵的信来见地主。伯爵在这封信里促请叶菲莫夫卖掉意大利人身后留下的那把小提琴，因为伯爵想买下来给自己的乐队用。他提议出价三千卢布，并且补充说，他已经多次派人去请过叶戈尔·叶菲莫夫，希望当面做成这笔交易，但叶菲莫夫一口拒绝，执意不肯。伯爵最后说，小提琴的价格是公道的，他不会再多出了；他认为叶菲莫夫执意不肯是怀疑他在成交时欺骗他老实和无知，这使伯爵非常不快，因此希望地主能开导开导叶菲莫夫。

地主当即派人去叫我继父。

"你为什么不愿意出让这把小提琴呢？"他问叶菲莫夫，"它对你没有什么用处。人家给你三千卢布，这价格很公道，要是你以为人家会出得更多，那你可就打错主意了。伯爵是不会骗你的。"

叶菲莫夫回答说,他自己不愿去见伯爵,但如果一定要让他去,那他只好听从主人的吩咐;小提琴他不愿卖给伯爵,可是如果硬要从他这儿拿走,那他也没办法,只好听主人的。

显然,他的这种回答触动了地主性格中最敏感的一根弦。问题是,地主一向很自豪地说他知道怎样和自己的乐师们打交道,因为他们个个都是真正的表演艺术家,由于他们的努力,他的乐队不仅优于伯爵的乐队,而且比起首都的乐队也毫不逊色。

"好吧!"地主回答说,"我告诉伯爵,就说你不愿意卖这把琴,因为你不想卖,因为卖与不卖你完全有权决定,明白吗?不过我本人想问你一句:你要这把琴干什么呢?你的乐器是单簧管,虽说你吹奏得不怎么样。把它让给我吧。我出三千卢布。(谁知道这是怎样的一件乐器呢!)"

叶菲莫夫嘿嘿一笑。

"不,老爷,我不想把琴卖给您,"他回答说,"当然,您一定要……"

"难道是我硬要你卖吗,难道我在强迫你吗!"地主终于控制不住自己，喊叫起来，况且这事是当着伯爵的乐师的面发生的。根据这种情况，伯爵的乐师可能获得一个很不好的印象，认为地主家乐队的全体乐师的处境实在不佳。"滚开，你这没良心的东西！以后我再也不愿见到你了！你连单簧管都吹不好，没有我今后看你怎么混日子！在我这里，你有吃有穿，还有一份薪俸；你是堂堂的表演艺术家，生活体面高雅，可是你缺乏自知之明，也感觉不到这一点。你走吧，快滚，别在这里让我生气！"

地主总是把惹他生气的人统统从自己身边赶开，因为他担心自己的脾气不好，会着急发火。其实他是怎么都不愿意对他所称为"表演艺术家"的乐师们过分苛求的。

交易没有做成，好像事情也就这样完了，谁承想一个月后，伯爵的小提琴手突然狠狠告了一状。他亲自出面，告发我继父，说他利欲熏心，害死意大利人，霸占其大宗遗产。他说，遗嘱是在软硬兼施的情况下写出来的，并答应为自己的指控提供证人。伯爵求情说和，地主也为我继父说情，但谁也动摇不了告状人的主意。人们向他说明：对乐队指挥所做的医学尸检是正确的,告状人违背明摆着的事实,一意孤行,很可能是出于个人恩怨,发泄私愤,因为他未能得到准备为他购买的那件珍贵乐器。伯爵的乐师寸步不让,赌咒发誓说自己有理,还说脑出血并非酗酒所致,而是中毒造成的,因此他要求进行复查。乍一看,他说的理由也颇有道理。自然,事情就这样闹起来了。叶菲莫夫被抓了起来,投进了市监狱。这件案子从一开始就引起了全省的注意。案子进展得非常迅速,结果查明:伯爵的乐师犯了诬陷罪。他得到了应有的惩罚,但是他始终坚持自己的观点,认为自己是正确的。最后,他承认他缺乏任何证据,他提出的证言是他自己瞎想出来的。不过,他在胡编这些证言的时候是根据一种假设和猜测行事的,因为一直到复查完毕,正式证明叶菲莫夫无罪为止,他仍然初衷不改,一口咬定叶菲莫夫就是造成不幸的乐队指挥死亡的罪魁祸首,认为叶菲莫夫也许并没有直接给他投毒,但一定采用了别的什么方式。不过,法院对乐师的判决没有来得及执行:他忽然得了脑炎,神经错乱,死在监狱诊所了。

在这个案子的整个过程中,地主的表现可谓有为有守，嘉言懿行。他为我的继父竭尽全力，像对待自己的亲生儿子似的。他多次到狱中探视他，安慰他，给他送钱；听说叶菲莫夫喜欢抽烟，便给他送去最好的雪茄；后来我继父被宣告无罪释放，地主又让全乐队放假，以示庆贺。在他看来，叶菲莫夫的案子关系到整个乐队，因为他非常看重乐师们的良好品德；在他看来，这一点如果不是最重要的话，那么至少同他们的才能一样重要。整整一年过去了，突然，全省都在传闻，说有位著名的法国小提琴家途经省城，打算顺便举办几场音乐会。地主立即想方设法邀请这位小提琴家来做客。事情进展得很顺利，法国人答应来做客。为迎接他的到来，一切都准备停当，几乎全县的人都请到了，但是情况突然有变，一切都乱了套。

一天早晨，有人报告说，叶菲莫夫失踪了，不知去向。于是地主派人到处寻找，但是音信全无。乐队十分焦急：缺一个单簧管手呀。可是就在叶菲莫夫失踪三天之后，地主忽然接到法国人写来的一封信，法国人在信中态度傲慢地拒绝了地主的邀请，还说（自然是绕着弯子说了），以后跟那些拥有私人乐队的老爷交往时要格外小心，眼看一个真正有才能的人受一个不知其价值的人的管束，实在是太有失风雅、败人兴致了；最后他还说，叶菲莫夫是位真正的表演艺术家，是他在俄国所见到的最优秀的小提琴手，叶菲莫夫的例子足以证明他的话的正确性。

读罢此信，地主惊讶万分。他感到伤心极了。怎么会这样呢？他对叶菲莫夫如此关怀备至，如此恩礼有加，而他竟然这样无情无义，昧着良心向一位欧洲表演艺术家、一个他非常尊重其意见的人恶意中伤他！此外，这封信在另外一个方面也是令人费解的：信上说，叶菲莫夫是位真正有才能的表演艺术家，是位小提琴手，但是人们未能发现他的才能，硬要他去演奏另一种乐器。这一切使地主大为惊讶，他当时就想进城去见这个法国人，可这时他突然收到伯爵派人送来的一个便条，伯爵请地主立即到他那里去，并且告诉他，说自己了解一切情况，说那位路过的小提琴手现在就在他家里，和叶菲莫夫一起，还说他对叶菲莫夫的无礼和诽谤十分惊讶，已下令将他看管起来；信上最后说，地主之所以必须亲自到场，还因为叶菲莫夫的指控甚至牵连到了伯爵；此事关系重大，必须加以澄清，越快越好。

地主当即赶到伯爵家里，同法国人见了面，说明了我继父的整个身世；他补充说，他没想到叶菲莫夫竟如此多才多艺，相反，叶菲莫夫在他那里只是一个很差的单簧管手，现在他才破天荒头一次听说，这位离他而去的乐师，好像还是位小提琴家。他还补充说，叶菲莫夫是自由人，享有充分的自由，随便什么时候都是这样；要是他真的身受压迫，他随时就能离开他。法国人感到非常惊讶。叶菲莫夫被叫来了。他变得简直快让人认不出来了：狂妄自大，旁若无人，说话冷嘲热讽，并坚持认为他对法国人说的话句句属实。凡此种种，使伯爵大为恼火；他当面对我继父说，他是个恶棍、造谣中伤者，应该受到最严厉的惩罚。

"请放心，伯爵大人，我和您相当熟悉，我深知阁下的为人，"我的继父回答说，"承蒙您的仁慈宽厚，我差一点儿受到了刑事处分。我知道您原先的乐师阿列克塞·尼基福雷奇在何人授意下告发了我。"

听了这样可怕的指责，伯爵气得火冒三丈。他强压住心头的怒气，但大厅里一位有事找伯爵的官员，声称对此事决不能不管不问，就此罢休；叶菲莫夫这种粗暴无礼的态度包含着一种恶毒的、不公正的指责和中伤,所以这位官员请求允许他在伯爵家里当即将叶菲莫夫逮捕。法国人也表达了心中极大的愤慨之情,说他不能理解这种居心叵测、忘恩负义的行为。这时候,我的继父也发火了,他回答说,他宁愿受到惩罚、审判,甚至再来一次刑事审讯,也比至今他在地主家的乐队所过的日子强些,他因为自己太穷,没办法早一点儿离开那里;说完这些话,他和逮捕他的人一起走出了大厅。人们把他关在宅内一间偏僻的屋子里,威胁说明天就要把他送进城去。

午夜时分,拘押我继父的房屋的门被打开了。地主走了进来。他身穿睡袍,脚跋便鞋,手里举一盏明灯。看来,他无法入睡,内心的焦虑使他在这种时候离开了卧榻。叶菲莫夫还没有睡,他吃惊地看着进来的人。来人把灯放下,坐在他面前的椅子上,显得非常激动。

"叶戈尔,"他说,"你为什么这样令我伤心?"

叶菲莫夫没有回答。地主又问了一遍,他的言辞中透出某种深厚的感情,一种莫名其妙的忧伤。

"天晓得为什么我使您这样伤心,老爷!"我的继父终于开口说话,还挥了挥手,"看来我是鬼迷心窍了！连我自己也不明白是谁让我这样做的！唉，我无法在您那里住下去了，不能再住了……我这是魔鬼上身，中了邪了！"

"叶戈尔！"地主又开始说，"回到我这里吧；过去的事我统统忘掉，一切既往不咎。听我说：你将是我的首席乐师；我给你另外加薪，非他人能比……"

"不，老爷，不，请不要说了。我不能常住在您那里！我对您说吧，我是魔鬼缠身的。如果我留下来，我会把您家的房子烧掉的；有时候我苦闷起来，恨不得我压根儿不要生在这个世上！现在我连自己也不敢担保。您呀，老爷，最好还是不要管我！这都是魔鬼缠身后闹的……"

"哪个魔鬼，谁？"地主问道。

"就是那个像狗一样死去的意大利人，所有人都讨厌他。"

"是他？叶戈鲁什卡[1]，教会你拉琴的那个人吗？"

"对！他教了我许多东西，把我给毁了。我还是压根儿没有见过他的好。"

---

[1] 为叶戈尔的昵称。(本书注释如无特别说明，均为译者注。)

"叶戈鲁什卡,难道连他也算是小提琴高手?"

"不,他自己所知甚少,但是他会教。我是自己学会的;他只是做做示范——这样比正规教法要容易些;要是我撒谎,就叫我的手烂掉。我现在也不知道自己想要什么。老爷,或许您现在会问我:'叶戈尔卡[1]!你想要什么?我全都能给你。'——可是,老爷,我一句话对您也回答不出,因为我自己也不知道我想要什么。不,老爷,您最好还是不要管我,我现在再说一遍。因为我一定要弄出点事情来,以便被打发得远远的,这样事情也就了结了!"

"叶戈尔!"地主沉默一会儿说,"我不能就这样丢下你不管。如果你不愿在我这里干,你可以离开;因为你是自由人,我不能强留不放;但我现在不能就这样离开你,一走了之。你给我演奏一曲吧,叶戈尔,看在上帝的分上,演奏一曲吧!我不是在命令你,请你理解我,我不强迫你;我是在含着眼泪请求你:给我演奏一曲吧,叶戈鲁什卡,看在上帝的分上,就拉你给法国人演奏过的那支曲子吧!抒发一下自己的心

---

[1] 也是叶戈尔的昵称。

声！你很固执，我也很固执；要知道，叶戈鲁什卡，我也有自己的脾气！我能够理解你，你和我一样，也能够理解我。要是你不把心甘情愿为法国人演奏过的曲子拉给我听，我就没法活下去。"

"好，就这么办！"叶菲莫夫说，"老爷，我发过誓，说永远不在您面前演奏，也就是不为您演奏，可是现在我的心已经答应演奏了。我为您演奏，不过这是第一次，也是最后一次，以后，老爷，无论何时何地，您再也听不到我的演奏了，您就是答应给我一千卢布也不行。"

于是他拿起小提琴，开始演奏自己的俄国民歌变奏曲。据 Б 说，这组变奏曲是他的第一部，也是他最好的小提琴乐曲，后来无论演奏什么曲子，他再也没有演奏得如此之好，如此富有灵感。这位地主听音乐时从来就没有无动于衷过，这次干脆放声大哭起来。演奏结束后，他从椅子上站起来，掏出三百卢布递给我继父，并且说：

"现在你走吧，叶戈尔。我放你走，伯爵那里，一切由我处理；不过你听我说：以后你我再也不要见面了。你面前的道路是宽广的，如果我们路上相遇，你我都会感到很不好受。好了,分手吧!……等一等!我对你还有一句临别赠言,只有一句:莫贪杯,勤用功;努力学习,戒骄戒躁!我对你说话,就像你亲生父亲对你说话一样。一定要注意,我再说一遍:勤用功,莫贪杯,一旦你要借酒浇愁(发愁的事将来多着呢!),那将一事无成,铸成大错,也许就像你那位意大利朋友一样,在一条什么水沟里,一命呜呼。好了,现在咱们分手吧!……等一等,吻我一下!"

他们互相吻了一下,然后,我的继父走了出去,获得了自由。

刚得到自由,他便在附近的一个县城里把自己的三百卢布挥霍一空,同时跟一帮最堕落下流的地痞无赖混在一起,最后落得穷困潦倒、举目无亲,不得不加入一个地方流动戏班子的小乐队,当第一小提琴手,也许是唯一的小提琴手。这一切跟他最初的设想并不大一致,他原想尽快去彼得堡学习,谋取个好的位置,把自己完全造就成一名表演艺术家。但是,在小乐队的日子并不顺心。不久,我继父就跟流动戏班子的老板吵翻了,而且离开了那里。这时候,他心如死灰,精神萎靡不振,甚至决定迈出大伤自尊心的绝望的一步。

他给我们都知道的那位地主写了一封信，说明了自己的处境，请求资助。信写得落落大方，不卑不亢，但是没有得到回音。于是他又写了一封，言辞上奴颜媚骨、低三下四，称地主是自己的恩人，把他奉为真正的艺术鉴赏家，最后还是希望他能再次解囊相助。回音终于来了。地主寄来一百卢布和由其侍仆代笔的简单几句话，说以后再不要向他提出任何请求了。收到这笔钱后，我继父当即想动身去彼得堡，但是还了债款，这笔钱也就所剩无几，彼得堡之行连想也不用想了。他只能仍然滞留在外省，再次加入一个地方乐队，后来在那里又待不下去，就是这样，从一个地方转到另一个地方，一心想着能很快去彼得堡，就这样在外省一待就是整整六年。最后，他觉得这样下去太可怕了。他绝望地发现，穷困潦倒的生活不断压抑着他的才华，使它不知遭受了多少的损失；于是，在一个早晨，他撇下老板，拿上自己的提琴，去往彼得堡，一路上几乎全靠向人乞讨。他住在某处的一间阁楼，就在这里，他第一次遇见了 Б；当时 Б 刚从德国来，也是想到这里来大展宏图。他们很快就成了朋友，至今 Б 回想起他们的交往甚至仍然激动不已。当时两个人都还年轻，怀着同样的希望，而且目标一致。但当时 Б 更青春年少，没受过多少穷，也没吃过多少苦。此外，他首先是个德国人，为实现自己的目标，能坚持不懈，循序渐进，充分意识到自己的力量，并且对于自己的前途，心里差不多早就有数；可是他的朋友已是而立之年，已经感到劳累、疲乏，失去了一切耐心，早年旺盛的精力也已消磨殆尽；整整七年时间，为了混碗饭吃，他不得不在地方流动戏班子和地主们的乐队里，颠沛流离，四处奔波。当时支撑他的只有一个永不改变的信念——最后摆脱困境，攒一笔钱，去彼得堡。但是这个想法是模糊的，不清楚的；它只是一种不可逆转的内心召唤，最后随着岁月的流逝，斗转星移，在叶菲莫夫的心目中，它已经不像当初那样清晰了；等他到了彼得堡，他几乎已经变得稀里糊涂了，只能依循夙愿和此次赴京的某种老习惯行事，几乎连他自己也不知道在京城究竟要做什么。他的热情有点儿歇斯底里，带有焦躁不安和喜怒无常的性质，仿佛他想用这种热情来欺骗自己，并且通过它使自己相信，他身上原先的活力、最初的热情和早先的灵感还没有枯竭。这种连续不断的兴奋劲头使头脑冷静、有条不紊的 Б

不胜惊讶；他被搞得晕头转向，把我继父当作未来伟大的音乐天才看待了。他根本无法想象自己这位伙伴的未来命运会是别的什么样子。但是时隔不久，他就擦亮了眼睛，完全把他看透了。他清楚地看到，所有这些突发的狂热、焦躁不安的情绪无非是感到自己怀才不遇而出现的不自觉的绝望心态罢了；说到底，他的那点儿才能，恐怕压根儿就没那么伟大，更多的是盲目乐观和不切实际的自信，再加上幼稚的自我陶醉，以及一直自以为是盖世奇才的痴心妄想。"但是，"Б说，"我对我这位伙伴的古怪脾气不能不感到惊讶。他那病态的强烈愿望和内心脆弱的紧张激烈的斗争就发生在我的面前。整整七年的时间，这个不幸的人只是在靠关于自己锦绣前程的幻想支撑着自己，甚至没发现他已丢掉了我们这门艺术中最起码的东西，以致荒废了最基本的业务技能。然而与此同时，他在那混乱的想象中还不停地编制最宏伟的远景规划。他希望成为第一流的天才，成为世界上名列前茅的小提琴家，实际上已经自认为是这样一位天才了。不仅如此，他还想成为作曲家，但他连对位法都一窍不通。使我万分惊讶的是，"Б又说，"这个人尽管根本不行，尽管在艺技方面知之甚少，但是他对艺术却有着非常强的感受力和理解力。因此，如果他缺乏自知之明，自认为是一位艺术大师，是一个天才，而不是一个深刻的、与生俱来的艺术批评家的话，那也不足为怪。有时候他用粗俗的、毫无科学性的简单的语言，能够向我说出十分深奥的道理，这使我非常纳闷，我无法理解他是怎样了解这一切的；他从来不读书，也从不学习，但奇怪的是，我的自我修养，"Б补充说，"竟然从他的指导中得益匪浅。至于我本人，"Б继续说，"我对自己的态度是处之泰然。我对自己的艺术情有独钟，虽然我从学步开始，就知道自己的天赋不高，充其量只能在艺术上当一名壮劳力，但是我引以为豪的是，我没有像懒惰的奴隶那样，把我的那点儿天赋埋没掉，相反，我把它成百倍地发扬光大了。因此，要是人们夸奖我的演奏清晰明快，惊叹我的技艺纯熟，那么这一切都是得益于我坚持不懈的努力，多亏我有自知之明，我宁可把自己低估一些，时时戒骄戒躁，革除过早自满和懒惰的习性，因为懒惰是这种自满情绪的自然结果。"

　　Б本人也曾试着向自己当初非常佩服的朋友劝

说几句，但这样只能白白地惹他生气。他们的关系后来渐渐疏远了。很快，Б发现他的朋友变得越来越冷漠、苦闷，甚至感到一切都很无聊，继而变得忧心忡忡、心灰意懒。最后，叶菲莫夫开始把小提琴搁置起来，常常一连几个星期都不去碰它。这距离完全堕落已经相去不远了；不久，这个不幸的人便染上了种种恶习。地主曾经告诫过他的事情终于发生了：他嗜酒如命，不能自拔。Б看着他，感到非常吃惊；他的劝告已经不起作用，而且他也不敢轻易开口。一来二去，叶菲莫夫竟变得没脸没皮，不知人间有羞耻事：他竟心安理得地完全靠Б过日子，甚至觉得这样做好像理所当然，他有这个权利似的。与此同时，过日子的钱就要花完了；Б想方设法，苦苦地撑着，靠给人上课或者在商人、德国人和穷官员们的晚会上演奏勉强维持生计，他们虽然给的不多，但是总能给一些。叶菲莫夫好像根本不愿意看到朋友的难处：他对他的态度非常严厉，有时一连几个星期都不跟他说话。有一次，Б语气非常婉转地提醒他，希望他不要太冷落了那把小提琴，以免日久荒废了琴艺；谁知叶菲莫夫为此大发雷霆，声称他是决意永不再碰那把琴了，好像他以为这样便会有人跪下来求他似的。还有一次，Б 需要一个搭档共同在一个晚会上演奏，于是他邀请叶菲莫夫参加。他的邀请使叶菲莫夫大为恼火。他怒气冲冲地说，他不是街头的提琴手，也不会像 Б 那样下贱到在一群根本不懂他的琴技和才能的臭工匠面前演奏，玷污他那高尚的艺术。Б 一句话没说，自己参加演出去了；但是叶菲莫夫在同伴走后对他的邀请前思后想，反复琢磨，认为这一切只不过是一种暗示，说他是在靠 Б 过日子，想提醒他，让他也试着去挣点钱。Б 演奏回来后，叶菲莫夫突然向他发难，说他的行为卑鄙，并声称一分钟也不能跟他再待在一起。的确有两天他不知到哪里去了，不过第三天他又回来了，好像什么也没有发生似的，照旧过他的日子，跟原来一样。

正是由于旧的习惯和昔日的友谊，加上 Б 对这个不可救药者的同情，方使得他没有下决心结束这种不像样的生活，跟他的朋友一刀两断，永不来往。后来，他们还是分道扬镳了。Б 时来运转：他找到一个很有来头的后台，因此举办了一场非常精彩的音乐会。这时候他已经是一位杰出的表演艺术家了，迅速提高的知名度很快使他谋得了歌剧院乐队的一个席位；在这里，他很快便取得了实至名归的成功。分手时，他给了叶菲莫夫一些钱，并且含泪求他能回到正道上来。时至今日，Б想起他时还怀着一种特殊的感情。认识叶菲莫夫是他青年时代印象最深的一段经历。他们在艺术领域共同成长，彼此情谊深厚；甚至叶菲莫夫的古怪脾气以及为人粗鲁的缺点，都能使Б在感情上对他产生更大的依恋。Б理解他；他把叶菲莫夫给看透了，早就知道这一切将怎样结束。分手时他们相互拥抱，两个人都哭了。当时叶菲莫夫流着眼泪，泣不成声地说，他是个不可救药的、最最不幸的人，这一点他早就知道，不过现在才看清楚了自己的穷途末路。

"我没有才华！"他终于说，脸色死灰。

Б大受触动。

"听我说，叶戈尔·彼特罗维奇，"他对我继父说，"何必跟自己过不去呢？要知道，你这样心灰意冷，只会自己毁了自己；你既缺乏耐心，又没有勇气。不对！你有才华，请相信我的话，你有才华。仅凭你对艺术的感悟和理解，我就认准了这一点。我会用你的整个生活向你证明这一点。你曾经跟我讲过自己过去的生活。当初你也不自觉地有过意志消沉的时候。当时你的第一个老师，即你跟我讲过他很多故事的那个怪人，头一次在你身上唤醒了你对艺术的热爱，并且看出了你的才华。你当时也有强烈而痛切的感受，就跟现在一样，但是你自己并不知道你这是怎么回事。你在地主家里待不下去，可你自己又不知道你究竟想要什么。你的老师死得太早了。他从来丢下你时你脑子里只有一些模糊不清的意愿，主要是他没有让你认清自己。你感觉到你应该走另一条路，一条更为宽广的道路，感觉到你注定有另外的目标，但你却不知道如何实现，因此苦恼中你憎恨当时身边的一切。六年的贫困日子你并没有白过；你在学习，在思考；你认识了自己和自己的力量，如今你对艺术和自己的使命已有所了解。我的朋友，忍耐和勇气是非常需要的。你未来的命运要比我的好，真让人羡慕：你的艺术家气质要比我强过百倍，但是上帝能把我的忍耐力的十分之一赐给你就好了。要用功，不要喝酒，就像你那位好心的地主对你说的那样，而主要的是你要重新开始，从头做起。什么东西使你苦恼不安呢？是贫寒？是穷困？但是贫寒和穷困能够造就艺术家。事业的起步总是和穷困分不开的。现在谁也不需要你，也没有人愿意了解你；世界就是这个样子。等着瞧，一旦人们知道你才华横溢，事情也就跟着来了。嫉妒、卑鄙的小动作，特别是各种各样的荒唐事，比贫困还厉害，一齐向你压来。才华需要同情，需要人们的理解，可是你瞧吧，只要你稍微有点儿成就，你周围的人都是些什么脸色。他们会认为你废寝忘食、辛勤劳动所练出来的功夫不值一提，会对它们嗤之以鼻。他们，你的未来的朋友们，不来鼓励你、安慰你；他们不会指出你的真、善之处，而是幸灾乐祸地挑剔你的每一个错误，专讲你的毛病和出错的地方；他们表面上冷若冰霜，一脸的不屑，其实他们像过节一样，对你的每一个错误（好像谁可以不犯错误似的！）心里正拍手称快呢。你这个人又非常傲气，逞强好胜不讲究场合，这就有可能伤着死要面子的卑鄙小人，这样事情可就坏了——他们人多势众，而你只是一个人；他们会用针把你扎得千疮百孔。这一点连我都已开始有所感受了。现在你要打起精神来！你还不算太穷，你还能过下去，千万不要讨厌干粗活，就像我在穷工匠们的晚会上劈木柴一样，该劈的你就劈。但是你缺乏耐性，你的毛病是性子太急，不够朴实，爱耍小聪明，喜欢想入非非，脑子活动太多；口头上你自命不凡，等拿起琴弓时你却胆小如鼠。你死要面子，可又缺乏勇气。要勇敢一些，别着急，好好学，即使不指望自己的实力，那也要碰碰运气；你有激情，有感觉。运气好也能达到目的，即使达不到，那也不妨试试：反正不会有什么损失，因为赢头实在太大了。老兄，在这里，我们的运气——是关键的大事！"

叶菲莫夫听着昔日朋友的这席话，心里很有感触。但在 Б 往下讲的时候，叶菲莫夫苍白的脸色开始消退，脸上出现了红润，两眼闪现出少有的勇敢与希望之光。很快，这种高尚的勇气转变为一种自负，接着又变成通常的狂妄，最后，当 Б 的规劝快要结束的时候，叶菲莫夫已经有些心不在焉，感到很不耐烦了。不过他仍然热情地握住 Б 的手，向他表示感谢，但态度很快就变了样，从自暴自弃和垂头丧气，一下子变得极其狂妄和傲慢，扬扬得意地宣称他的命运不用朋友们担心，他知道该怎样安排自己的未来，说他很快就能为自己找到一座靠山，举办音乐会，到时候就会功成名就，财源滚滚。Б 耸耸双肩，但没有给自己的老朋友泼冷水，然后他们便分手了，虽然不言而喻的是，他们分别的时间并不是很长。转眼之间，叶菲莫夫把给他的钱花得一干二净，于是又去要钱，然后是第三次、第四次……第十次地要钱；最后，Б忍无可忍，推说不在家。从此以后他就完全不知道叶菲莫夫的下落了。

几年过去了。有一次，Б排练完回家，在一条陋巷里肮脏的小酒馆门口遇见一个衣冠不整的醉汉在喊他的名字。他就是叶菲莫夫。他的样子变得很厉害，脸上浮肿，面色发黄；很显然，放荡的生活在他身上留下了难以磨灭的痕迹。Б非常高兴，跟叶菲莫夫还没说上两句话，就被他拉着进了这家小酒馆。来到一间偏僻的脏黑小屋，在这里，Б才就近看清楚了自己朋友的模样。他身上穿得几乎破烂不堪，脚下是一双破靴子；脏乱的胸衬上满是酒渍。他的头发已经开始变白，有的已经脱落。

"你怎么啦？现在在什么地方？"Б问道。

叶菲莫夫显得很尴尬，起初甚至有些慌乱，答非所问，前言不搭后语，因此Б还以为他神经不正常呢。最后，叶菲莫夫承认，要是不喝酒，他就没法子正常说话，可是小酒馆对他早就不相信了。他说这话的时候,脸有些发红,尽管他拿腔拿调,指指点点,想方设法为自己壮胆,但给人的印象却是恬不知耻,装模作样,简直叫人恶心,可悲可叹;好心的 Б 看到自己的担心如今已完全成为事实,不禁动了恻隐之心。他叫人端上酒来。出于感激,叶菲莫夫的表情立刻变了样,他不知如何是好,满含热泪就要去吻恩人的手。午餐时,Б 得知这个不幸的人已经结了婚,感到非常惊讶。但更使他惊讶的是,听说这位妻子竟造成了叶菲莫夫的一切不幸与痛苦,这场婚姻彻底断送了他的才华。

"怎么会这样呢?" Б 问道。

"兄弟,我的手已经两年没有摸琴了,"叶菲莫夫回答说,"那婆娘是个厨师,做饭的,毫无教养,是个粗俗不堪的女人。没法提她的事!……我们净打架了,别的什么也干不成。"

"既然如此,那你为什么要结婚呢?"

"没东西吃呀。我认识了她;她手里有千把卢布,于是我不顾一切地跟她结了婚。是她先爱上我的。她一直缠住我,紧追不舍。谁也没有勉强她!钱都花完了,喝光了,老弟,这里有什么才华可言!一切全完了!"

Б 发现，叶菲莫夫好像急于要向他表白什么，以此证明自己没错。

　　"我把一切都抛弃了，统统抛弃了。"他补充道。这时他对 Б 说，最近他的琴艺几乎达到了炉火纯青的地步；尽管 Б 在全城的小提琴手中名列前茅，但是也没法跟他相比，只要他叶菲莫夫愿意干。

　　"那你究竟为什么不干呢？" Б 惊奇地问道，"怎么不找个工作呢？"

　　"没多大意思！"叶菲莫夫说着，挥了挥手，"你们那里有懂行的人吗，哪怕是懂得一点儿皮毛呢！你们懂得什么呀？什么也不懂，一窍不通！你们的工作不过是从什么芭蕾舞的乐曲中弄出一段凑凑数而已。好的小提琴手你们是见所未见，闻所未闻。何必管你们呢，你们爱怎么样就怎么样吧！"

　　这时，叶菲莫夫又挥了挥手，身子在椅子上晃了一下，因为他已经醉得差不多了。然后，他要请 Б 到他家里去，但是 Б 拒绝了，只是要了他的住址，答应第二天就去看他。当时的叶菲莫夫已经酒足饭饱，他用嘲弄的目光看着他昔日的同伴，并千方百计地拿言语来刺他。他们要走的时候，叶菲莫夫赶紧把 Б 的贵重大衣递过去,像下等人对上等人似的。从第一个房间旁边经过时,他停下来,向酒馆老板和大伙儿介绍 Б,说他是全京城首屈一指、独一无二的小提琴家。总之,此时此刻,他的所作所为实在令人作呕。

然而,第二天早晨,Б 在小阁楼上找到了他。当时我们穷困之极,全家都住在一间屋子里。那时候我才四岁,我母亲嫁给叶菲莫夫已有两年。她是个不幸的女人。以前她是位家庭教师,受过良好的教育,模样也很漂亮,可是因为穷,嫁给了一名老公务员——我的父亲。她跟他只过了一年。我父亲突然去世后,很少的一些遗产由他的几个继承人分了,留下了我母亲一个人和我,还有她分到的微不足道的一点儿钱。再去给人当家庭女教师,身边还带一个年幼的孩子,谈何容易。这时候,一个偶然的机会,她遇上了叶菲莫夫,而且真的爱上了他。她非常热情,喜欢幻想,把叶菲莫夫看成了什么天才,相信了他关于锦绣前程的自吹自擂的话,一想到自己能成为一个天才人物的支柱和指导,她真是感到荣幸之至,得意非凡,于是嫁给了他。头一个月,她的全部理想和希望就都落了空,她面对的只是可怜的现实。叶菲莫夫决定结婚,可能就是看上了我母亲那千把卢布,一旦这笔钱花完用光,他便把两手一抄,好像很高兴地有了借口,立刻向每一个人宣布:是婚姻断送了他的才华,他无法在憋闷的房间里工作,眼看着一家人挨饿,说在这种情况下音乐根本就进不到脑子里,最后,还说看来生就如此了,命中注定要受这个罪,等等。好像后来他自己也相信自己抱怨得非常有理,仿佛还为能找到这种新的借口而沾沾自喜。看来,这位可怜、倒霉的天才自己在为自己寻找表面借口,以便把所有的失败和所有的灾难统统都推到这个方面。他无法接受一个可怕的想法,即他在艺术上早就不行了,而且永远没有希望。他像抗拒噩梦似的跟这个可怕的想法进行殊死搏斗,最后,当他在现实面前碰得头破血流,偶尔睁开眼睛看看的时候,他感到实在太可怕了,他觉得自己会被吓疯的。他不能轻易放弃伴随他一辈子的生活信念,哪怕直到自己生命的最后一分钟,他仍然相信那个时刻还没有过去。怀疑的时候,他便借酒浇愁,用刺鼻的酒气来驱赶胸中的苦闷。最后,他也许自己都不知道此时此刻妻子对于他是多么必不可少。她是一个活生生的借口,而且,的的确确,我继父对这样一种想法几乎着了魔：他认为等他把（坑害他的）妻子送进了坟墓，一切都会走上正轨。可怜的母亲不了解他的心思。作为一个酷爱幻想的女人，她在充满敌意的现实生活中迈出的第一步就遭到了难以承受的打击：她变得非常暴躁，爱发脾气，开口就骂人，时常跟以折磨她为乐事的丈夫发生争吵，不停地催着他去工作。但是，我继父的妄自尊大和僵化的思想，他的种种荒唐行为，使他变得几乎毫无人性和麻木不仁。他只是发笑，并发誓说，在妻子死前决不摸一下小提琴，而且残酷地、直截了当地对她公开宣布这一决心。我母亲直到临死还非常地爱他，不管他怎么样；但是她受不了这样的生活。她变得老是生病，苦不堪言，精神上不断地受到折磨，除了这种种苦恼之外，全家的饮食问题也全得由她一人操劳。她开始自己做饭菜，起初在家里操办，接待来人。但是丈夫偷偷地把她的钱都拿走了，弄得她常常陷入无米之炊的境地，提供不出饭菜。Б 来我们这里时，母亲正在洗衣服，给一件旧连衣裙重新染色。就这样，我们一家人就挤在一个小阁楼上对付着过。

　　Б 对我们家的穷困状况感到非常吃惊。

"听我说,你一直在胡说八道,"他对我继父说,"这儿哪有什么摧残人才的事儿?是她在养活你,你干什么了?"

"什么也没干!"继父答道。

但 Б 还不了解我母亲的全部灾难。我继父常常把一帮一帮的流氓无赖带到家里来,他们什么样的人都有,简直无法无天,无所不为!

Б 费尽口舌,劝说他这位昔日的伙伴;最后向他表示,要是你叶菲莫夫再不改过自新,他也就不再帮什么忙了;他把话挑明了:不再给他钱了,因为他只会把钱花光;最后,他要求叶菲莫夫随便演奏什么给他听听,看看他能替他想到什么办法。在我继父去拿琴的时候,Б 悄悄地把钱塞给我母亲,但她不接受。这是她生平第一次面对人家的施舍呀!于是 Б 把钱给了我,可怜的母亲流下了眼泪。继父取来小提琴,但要求先得给他喝些酒,他说不然他无法演奏。于是 Б 派人去买了酒。酒下肚后,他的精神劲儿来了。

"看在我们交情的分上,我给你奏一曲我自己的作品。"他对 Б 说,同时从柜子下面抽出一本落满灰尘的厚笔记本。

"这都是我自己创作的,"他指着笔记本说,"你瞧!老弟,这可不是你们的芭蕾舞作品!"

Б 默默地翻看了几页,然后打开自己随身带来的乐谱,要我继父把自己的作品搁在一边,从他带来的乐谱中给他演奏点儿什么听听。

继父有些不高兴,但他生怕失去这座靠山,也就按 Б 说的办了。这时 Б 发现,他这位昔日的伙伴在他们分开期间的确下了不少功夫,收获不小,尽管他吹嘘说,打从结婚起他压根儿就没摸过琴。我可怜的母亲非常高兴。她望着丈夫,重新为他感到自豪。好心的 Б 也由衷地高兴,决心帮我继父一把。Б 当时的社会交际已经很广,他当即求人说情,向人推荐自己可怜的伙伴,不过事先总要我继父答应,今后一定得洁身自好,谨言慎行。眼下由 Б 出钱,先让他把衣服换得好一些,然后带他去见几位名人;这些人对于 Б 想为我继父谋取的位置非常关键。其实,叶菲莫夫只不过是口头上自命不凡,实际上他恐怕非常乐意接受自己老朋友的建议。Б 说,我继父因害怕失去 Б 对他的好感,对 Б 百般奉迎,卑躬屈节,使 Б 感到很不好意思。叶菲莫夫明白这是人家把他往正道上领,因此连酒也戒了。最后，Б在一个剧团乐队里给他找了个位置。他顺利地通过了考试，用一个月的辛勤努力和劳动找回了他一年半因无所事事而荒废掉的东西；他答应以后要好好练功，在新的位置上尽职尽责。但是，我们家的境况丝毫没有好转。我继父的薪水一分钱也不给我母亲，他自己全都花掉了，跟很快结交上的一帮新朋友一块儿喝光、吃光了。他结交的大都是剧团的一些职员、合唱队员、跑龙套演员——一句话，是些能使他显得鹤立鸡群的一帮人，而对于真正有才能的人，他却敬而远之。为了让这帮人对他怀有某种特殊的敬意，刚见面他就向他们宣称，他是个怀才不遇的人，他的盖世奇才全都让他老婆给毁了，最后还说，他们的乐队指挥对音乐一窍不通。他嘲笑乐队所有的演奏人员，嘲笑上演剧目的挑选工作，甚至还嘲笑上演过的几部歌剧的作者本人。后来，他开始大谈什么新的音乐理论。总之，整个乐队都非常讨厌他；他跟同事们屡屡吵架，跟乐队指挥闹翻，对上级粗暴无礼，成了尽人皆知的最爱惹是生非、最为人所不齿的卑鄙小人，搞得大家实在忍无可忍。

的确，这样一个无名之辈，一个成事不足、败事有余的蹩脚乐师，偏偏又如此好高骛远、自吹自擂，如此盛气凌人、趾高气扬，实在是咄咄怪事。

最后，我继父跟Б也吵了起来。他捏造了极其恶劣的谎言，然后散布出去，以假乱真，混淆视听。半年后，他因玩忽职守和行为失检被乐队开除了。但是，他并没有很快离开那里。不久，人们又看见他跟过去一样，蓬头垢面，破衣烂衫，因为像样一点儿的衣服又都被他变卖和典押了。他开始去找过去的同事，也不管人家是否欢迎他这个客人；不断在他们面前散布流言蜚语，鼓唇弄舌，哭诉自己生活艰难，日子难熬，还邀请大家到他家去看看他那位凶狠歹毒的老婆。当然，喜欢听他胡说的大有人在，也有人先给这位被除名的同事灌上几杯，让他信口开河，胡扯一通，以此取乐。加上他说话一向舌尖口快，娴于辞令，言谈中不乏牢骚怨气和种种荒诞不经的怪论，颇有一部分人爱听。人们把他当成一个有精神毛病的小丑，闲着没事时找找他，让他胡说一气，寻个开心。人们喜欢逗他，常当着他的面谈论新来的一位小提琴手。一听这话，叶菲莫夫的脸色都变了；他心里直打鼓，一定要问清楚来的人是谁，那位新来的有才的小提琴手是什么人,而且立刻就对这位新手的名声非常嫉妒。看来,只有从这个时候起,他才真正陷入规律性的神经错乱——他认定自己是首屈一指的小提琴家,至少在彼得堡这个位置非他莫属,但是他命运多舛,备受欺凌;由于种种阴谋,使他不为人所理解,一直处于默默无闻的状态。他对这后一点甚至有些沾沾自喜,因为有这样一种人,他总爱把自己看成是受欺凌者、受压迫者,他们喜欢把牢骚挂在嘴上,或者对自己怀才不遇的伟大气魄孤芳自赏,聊以自慰。彼得堡所有的小提琴手,他全都了解,在他眼里,他们当中没有一个人是他的对手。凡是了解这个不幸的精神失常者的,无论是行家里手,还是一知半解的涉猎者,都喜欢当着他的面议论某某天才小提琴家如何如何,以引起他打开自己的话匣子。他们喜欢他的尖酸刻薄,欣赏他的言辞犀利,对于他在批评臆想对手时表现出来的远见卓识非常赞赏。他们往往不明白他说的话,但是他们相信,当今世上还没有谁能够如此巧妙,而且用如此生动的形象描绘手法勾勒出当代音乐名家的众生相。甚至那些被他百般嘲弄的表演艺术家也有点儿怕他,因为他们知道他尖嘴薄舌,喜欢冷嘲热讽,而且承认他的抨击有据,见解有理,只要他认为该骂。人们常常在剧院的过道和后台看到他。工作人员任他进来,对他从不加阻拦,认为像他这样的人也必不可少,于是他便成了自家的忒耳西忒斯[1]。这样的日子过了两三年,但最后大家对他扮演这个角色也感到腻味了。后来就正式把我继父撵走了,在他生前的最后两年,他仿佛石沉大海,踪迹全无,哪儿也见不到他的身影。其实 Б 遇到过他两次;他那副可怜相使 Б 再次捐弃前嫌,对他产生了恻隐之心。Б 向他打了招呼,但我继父心里有气,装作什么也没听见的样子,把破帽子往下一拉,遮住眼睛,从旁而过。终于有一天,是个什么重大节日,一大早有人向 Б 通报,说他昔日的朋友叶菲莫夫前来向他祝贺节日。Б 走出去迎接。叶菲莫夫醉醺醺地站在那里,嘴里喃喃有词,执意不肯进屋里去。他这样做的意思是说:像我们这样无德无才之辈,怎么好跟您这样的名流来往呢;对于我们这些小人物来说,向您祝贺节日,在下人待的地方表示一下

---

[1] 荷马史诗《伊利昂纪》中的人物,特洛伊战争期间希腊联军中最丑陋的人。他胆小如鼠,主张希腊人中途撤回去。他多嘴多舌,整天骂骂咧咧,曾受到奥德修斯的斥责,后来被阿喀琉斯一拳打死。

也就够了——鞠个躬就走。总之，他这样做真叫人恶心，愚蠢而且极其无聊。之后，Б 很久都没有看到他，一直到灾祸发生，他那可悲的、病态的、糊涂的一生才算了结。他的生命结束得太可怕了。这场灾祸不仅和我童年最早的印象密切相关，甚至和我的一生都有密切联系。灾祸是这样发生的……不过首先我应该说明，我的童年是什么样的，这个早年给我留下痛苦印象，并且成为我可怜母亲的死因的人，对于我究竟是怎么一回事。

二

我开始记事的时候很晚,是在八岁以后。不知什么缘故,八岁以前的事情我没有任何清楚的印象,现在无法回忆。但从八岁半起,一切我都记得非常清楚,一天一天,接连不断,好像后来发生的一切,就跟昨天的事一样,历历在目。诚然,有时像做梦一样也能回想起一些更早的事:古老圣像旁黑暗的角落里总是点着盏小油灯;后来,有一回我被大街上的马撞了,听说因此我在病床上躺了三个月;还有,在这次卧病期间,一天夜里,妈妈就睡在我的身边,我醒来后,忽然觉得我做的怪梦、夜晚的寂静和屋角老鼠的吱吱声非常可怕,吓得我整夜都在被窝里发抖,但我却不敢叫醒妈妈,因此我断定,当时我最害怕的莫过于妈妈了。但是从我忽然开始懂事的那一分钟起,我发育成长得就非常之快，出乎人们的意料，不知为什么，许多根本不是小孩子应该有的印象，我却能很容易地感受得到。面前的一切对我来说豁然开朗，一切的事情都变得非常明白易懂。我开始记事的那个时期在我心目中留下了强烈、痛苦的印象；这种印象后来每天都出现，而且与日俱增；它给我与父母同住的那段日子，还有我的整个童年生活，打上了阴暗、古怪的印记。

现在我觉得，我好像是从沉睡中忽然清醒了过来（自然，尽管当时我的感受并没有如此强烈）。我来到一个大房间里，天花板很低，屋里很闷，而且很脏。墙壁刷成脏兮兮的颜色；屋角有一座很大的俄式壁炉；窗子冲着大街，或者还不如说是冲着对面那幢房子的屋顶，窗子短而且宽，像是裂开的几道缝隙。这样窗台距地板就很高，记得我必须搬来椅子或凳子，然后才能勉勉强强地够到窗子；家里没有人时我喜欢坐在那里。从我们的住处能够看见半个城市，我们住在一座六层高的大楼的顶楼。我们的全部家具只有一张满是灰尘、棉絮外露的漆布包面的破沙发，一张普通的、没上油漆的桌子，两把椅子，妈妈的床铺，屋角有一个放东西的小衣橱，一个歪歪斜斜的小柜子和几扇纸糊的破屏风。

记得是个黄昏时分,一切都乱糟糟的,东西扔得到处都是:刷子、各种抹布、我们的木头器皿、破瓶子,还有别的杂七杂八的东西。记得妈妈的情绪非常激动,不知为什么一直在哭。我继父坐在屋角,仍然穿着他那件破烂不堪的常礼服。他用讥讽的口吻回答妈妈的问话,这使她更加恼火,于是刷子、器皿又飞落满地。我大哭起来,喊叫着向他们两人扑去。我害怕极了,紧紧抱住爸爸(我在下面的故事中将称他为爸爸或父亲,因为很久之后我才知道他不是我的亲生父亲),用身体护着他。天知道什么原因,我觉得妈妈对爸爸发这么大脾气毫无道理,爸爸没有错;我想替爸爸求情,代他受过,什么样的惩罚都行。我非常害怕妈妈,而且以为大家都这样怕她。妈妈先是感到惊讶,后来抓住我的胳膊,把我扯到屏风后面去。我的手碰到床上,非常疼痛,但恐惧压倒了疼痛,因此我甚至连眉头都没有皱一下。我还记得,妈妈指着我,开始对父亲说着什么,样子非常痛苦,非常激动。这次争吵持续了两个小时左右,我胆战心惊地待在那里,努力猜想事情的结局会是什么样。最后,争吵平息了下来，妈妈离开到什么地方去了。这时父亲把我叫过去，亲了亲我，抚摸着我的脑袋，让我坐在他的腿上，于是我紧紧地、美滋滋地偎依在他的胸前。也许这是我第一次体会到亲人的抚爱，也许正是由于这个原因，从此我才开始对一切事情记得那么清清楚楚。我也发现，父亲对我那么亲热，是因为我袒护了他；好像就是这个时候，我第一次吃惊地意识到，他在我妈妈那里受了许多气，吃了不少苦头。从此之后，这个想法就一直伴随着我，我的愤怒也与日俱增。

从这个时候起，我开始对父亲有一种无限热爱的感情，它非常奇怪，似乎完全不像是小孩子应该有的。可以说，它更像某种富于同情心的、母爱的感情，如果这样形容我的爱对于一个孩子来说不太可笑的话。我总觉得父亲是那样可怜，那样备受欺凌、憋气受罪，对于我来说，不加倍地去爱他，不去安慰他，不主动亲近他，不想方设法地为他着想，那简直太可怕、太不近人情了。但是至今我还不明白，为什么认为父亲是世界上这样一个受苦受难的苦命人的偏偏是我！是谁灌输给我的这个想法？我小小年纪，怎么能懂得父亲个人不幸之点滴呢？可是我却懂得了，尽管我在自己的想象中按照自己的方式对一切都重新加以解释和改造,但至今我还无法想象我头脑中是怎样形成的这种印象。也许是因为母亲对我太过严厉,所以我对父亲才抱有好感,认为他跟我一样受苦,芝焚蕙叹,感同身受。

我已经讲述了我幼年梦境初醒时的情形,讲述了我生平最早的举动。我的心从最早的一瞬间起就受到了伤害,我的发育也以不可思议的和非常恼人的速度开始进行。单纯的表面印象已经不能满足我的要求。我开始思考、判断和观察,但是这种观察来得太早,有些反常,因此我的想象不可能按照自己的方式对一切都加以改造,这使我忽然进入了一个特殊的世界。我身边的一切变得很像父亲常对我讲述的神话故事,而在当时,我不可能不把这种故事看作百分之百的真事。一些莫名其妙的念头出现了。我非常清楚地了解——怎么了解的我不明白——我正生活在一个稀奇古怪的家庭,不知为什么,我的父母跟当时我见到的那些人完全不同。"这是因为什么,"我想,"为什么我看到的那些人在外表上也好像跟我的父母都不一样?为什么我看见别人的脸上都有笑容,而使我惊讶的是,在我们的这个角落,从来没有人发笑,从来没有人高兴,这是为什么?"是什么力量和什么原因迫使我这个九岁的孩子这么认真地去观察周围和倾听人们的每一句话?这些人每晚不是在我们的楼梯上,就是在大街上,我总是要遇上的,因为到时候我把妈妈的旧棉袄往我的破衣服外一罩,拿几个铜钱,总要去小店购买白糖、茶或者面包的。我明白了,可不知是怎么明白的,在我们那个角落——总是有种种无法忍受的伤心事。我苦思冥想,竭力想弄明白为什么会是这样;我不知道是谁帮助我以自己的方式猜透了这一切:我怪妈妈,认定她是我父亲的冤家对头。我再说一遍:我不知道我头脑里这种可怕的念头是怎么形成的。我爱我父亲的程度跟恨我可怜的母亲的程度一样深。关于这一切的回忆至今仍使我感到非常苦恼。不过有另外一件事,它比前面那件事使我同父亲更加莫名其妙地亲近了。有一次,晚上九点多钟,妈妈让我到小店去买酵母,当时父亲不在家。回家时,我在街上摔了一跤,一碗酵母全被我打翻了。我脑子里的头一个念头就是妈妈会为此大发脾气的。这时我感到左手非常疼痛,站都站不起来。我周围围了许多行人;有一位老太太正要拉我起来,可是从旁边跑过来一个男孩,他用钥匙直敲我的脑袋。最后,人们终于把我扶了起来。我捡拾起破碗的碎片,摇摇晃晃,勉强向前走去。这时我突然看见了父亲。他就站在我们对面那幢豪华住宅前的人群里。这幢房子为某些名人显贵所有,装修得非常气派;台阶旁停放着许多辆马车,乐声从窗子里飞出,传到大街上。我拽着父亲的礼服下摆,把打碎的碗给他看,哭着说,我害怕回去见妈妈。不知为什么,我相信他会维护我的。但我为什么会相信,是谁暗示我的,又是谁告诉我,说爸爸比妈妈更爱我呢?为什么我去找他的时候不害怕呢?他拉着我的手,开始安慰我;然后说他想让我看一些东西,便把我抱起来。我什么也没看见,因为他抓的是我摔伤的那只手,我痛得要命;不过我没有叫痛,怕他不高兴。他一再问我看见什么没有,我尽量顺着他的意思回答,说看见一些红颜色的帷幕。当他想把我抱到大街的另一边,离那座房子更近一些时,不知为什么,我突然哭了起来,我搂住他,要求他尽快上楼回到妈妈身边去。我记得,当时父亲的爱抚让我更觉得难受;原因在于,我一心想爱的两个人中,一个疼我、爱我,而另一个我不敢去找她,害怕去见她;这种状况我实在无法忍受。但是妈妈几乎完全没有发火,她让我去睡觉了。我记得,我的手越来越疼,而且我发了烧。不过我特别高兴的是,事情的结果非常之好,这一夜我梦见的都是邻近那幢挂着红帷幔的房屋。

第二天,我一醒来,头一件想到和关心的事,就是那座挂着红帷幔的房子。妈妈从院内一出去,我便爬上窗台,开始观察那幢房子。这幢房子早就引起了我童稚的好奇心。我特别喜欢傍晚的时候观察它,那时候大街上华灯初上,整幢房子灯火辉煌,大玻璃窗里面帷幔的紫红颜色开始映照出一种独特的、血红的光彩。台阶前几乎总是车马不断;豪华的马车,高大的骏马;人们的喊叫声,门前忙乱的景象,马车上花色各异的彩灯以及乘车前来的盛装妇女,这一切都引起了我很大的好奇心。它们在我幼时的心目中呈现出一种帝王的豪华气派和奇异的神话色彩。而后来,当我在这幢富丽堂皇的房子旁看到我父亲后,这座房子对于我就变得更加美妙和神奇了。之后,我惊奇的想象中开始出现某些怪异的念头和猜想。我觉得,处在像我父母这样的怪人中间,我自己也变成一个稀奇古怪的孩子,这并不奇怪。他们性格上的反差特别令我吃惊。比如说,妈妈为我们的穷日子总是操劳个没完,总是向父亲抱怨,说只有她一个人在为全家劳累,于是我不禁自问:为什么父亲一点儿也不帮助她,为什么他在我们家里像局外人一样?我真是纳闷。妈妈的只言片语使我对此有了一些概念,我有些惊奇地了解到,爸爸是位表演艺术家(这个词我牢记在心),是个有才能的人;我的想象中立刻就形成一个概念,即表演艺术家是某种特殊的人,和别人不一样。也许是父亲的行为本身使我产生了这个想法,也许是我听到了现在我已经不记得的什么话。然而,有点儿奇怪的是,有一次,父亲当着我的面,怀着特殊的感情说了一些话,我觉得他的话的意思非常好理解。他的话大意是说:有朝一日他将不再在穷困中度日,到时候他将变成老爷和富翁;最后,等妈妈一死,他就将重新获得新生。记得这些话起初把我吓得半死。我无法待在屋里,便独自跑到我家寒冷的过道里,趴在窗户上,捂着脸放声大哭起来。但是后来,我对这件事进行反复思考,对父亲的这一可怕想法也习以为常了——想象忽然帮了我的大忙。再说了,我自己也不能长期为这种莫名其妙的东西所苦恼，我一定得做出某种推断。终于——我不知道这一切最初是怎么发生的——但是我最后认定，等妈妈一死，爸爸会离开这个烦人的住处，带我到别的地方去。但是到什么地方去？——我始终没能搞清楚。我只记得，凡是我能用来装饰我们要去的那个地方（而我坚信我们会一块儿去的）的一切，凡是在我的想象当中能够架构的一切辉煌、豪华与宏伟的东西，在我的幻想中都已经派上用处了。我觉得我们转眼间已经变成了富人；我不再被使唤去小店买东西了，这对我来说是个沉重的负担，原因是我一出门，邻居家的孩子们总是欺侮我，而且我总是感到提心吊胆，特别是当我买牛奶或打油的时候，因为我知道一旦把东西弄洒了，我会受到严厉的惩罚。后来，我心里想，爸爸很快会给我做一身上好的衣服，我们也将搬进漂亮的房子，而此时此刻，这幢带红色帷幕的豪华住宅，和爸爸在宅前的巧遇，他想指给我看里面的什么东西，凡此种种，都极大地激发了我的想象力。于是我马上就猜想，我们要搬进去住的就是这幢房子，我们将住在里面，像过节一样，天天如此，永远幸福。打这以后，每天晚上我都怀着极大的好奇心，隔着窗户，观察这座使我着魔的神奇房屋，回忆车水马龙的热闹场面，回忆我见都没见过的身着盛装的宾客；我好像听到了从窗子里传出的甜蜜的音乐；于是我竭力猜想里面在干什么——我总觉得那里就是天堂，永远都在过节。我恨透了我们那个穷家，恨透了我自己那身破烂衣服；有一次，像往常一样，我在窗台上趴着，妈妈冲我大喊大叫，非要我下来不可，当时我就想到她不让我看的就是那幢房子，她不愿意我老想它，我们幸福她感到不高兴，她要从中干涉，这次也是如此……整个晚上我都用怀疑的目光细心观察着妈妈。

对于像妈妈这样一辈子吃苦受累的人，我怎么会这样冷酷无情呢？只有现在我才了解她苦难的一生，一想这个苦命人我的心里就隐隐作痛。甚至在当时，在我离奇古怪的童年蒙昧时期，我的心也常常受到痛苦和怜悯的折磨，焦虑、彷徨与怀疑吞噬着我的心。当时我已经感到了良心上的不安，我常常非常内疚与苦恼，觉得对妈妈很不公正。但是不知为什么，我们之间产生了隔阂，我不记得我对她有过亲热的表示，一次也没有。如今，即使是最琐碎的回忆，也常常能刺痛和震颤我的心灵。记得有一次（当然，我要说的都是些零零碎碎、不足挂齿的琐事，而且很粗俗，但正是这些对琐事的回忆才使我感到特别难受，使我极其苦恼），是一个晚上，父亲不在家，妈妈让我到小店去给她买茶叶和砂糖。但是她想来想去，总是下不了决心；几枚铜钱，嘴上数过来数过去——她只有那么一点点钱。我想，她数了有半个小时，还是没有数好。有时候她会陷入某种意识模糊的状态，想必是忧伤所致。我现在记得，她数钱的时候嘴里一直在说着什么，声音不高，有节有序，好像是无意中顺口说出来的；她的嘴唇和双颊颜色苍白，两只手总在哆嗦；而且当她一个人自言自语的时候，她的头老是不停地摇晃着。

"不，不用买了，"她说着，看了我一眼，"我还是躺下睡觉的好。是不是？涅朵奇卡，你想睡吗？"

我默默无语；这时她托着我的头，仔细地看着我，看得那么恬静，那么亲切，她的脸变得明朗了，洋溢着母亲慈爱的笑容，于是我整个心都感到隐隐作痛，怦怦直跳。况且她叫我涅朵奇卡，就是说，她这时非常喜欢我。这个叫法是她自己发明的，她把我的名字"安娜"亲切地改成"涅朵奇卡"这样一个小名，因此她这样叫我的时候,就说明她很想跟我亲热一下。我非常感动;我想拥抱她;偎依在她的怀里,和她一起大哭一场。她脸色苍白,久久地抚摸着我的脑袋——也许她这只是一种机械的动作,忘记了是在跟我亲热,而且嘴里不停地在说:"我的孩子,安涅塔[1],涅朵奇卡!"我的眼泪夺眶而出,但是我强打精神,拼命忍住。我毅然决然,不愿在她面前流露出自己的感情,尽管我内心非常痛苦。是啊,这不可能是我的心自然而然地变得冷酷无情了。妈妈不至于仅仅因为对我态度严厉就引起我对她那么大的对立情绪。不!是我对父亲异想天开的、非同一般的爱在暗中作祟的缘故。有时候,我夜里醒来,躺在屋角自己小小的床垫上,盖着冷冰的被子,我总是感到有些害怕。我朦朦胧胧地记得,就在不久之前,在我更小一点儿的时候,我和妈妈一起睡觉,那时我不怎么害怕夜里醒来:我只要贴近她的身子,两眼一眯,紧紧搂住她——立时三刻就又睡着了。我总还感觉到,不知为什么,我不能不偷偷地爱着她。后来我发现,有许多孩子往往很反

---

[1] 安娜的爱称。

常，他们没有什么感情，一旦他们爱上谁，那就爱得非同寻常。我的情况就是如此。

有时候，我们家一连几个星期变得死一样的寂静。父亲和母亲吵架吵累了，这时我夹在他们中间，依然故我，总是一声不吭地前思后想，愁肠百结，总想通过自己的幻想得到些什么。从对他们俩的观察中，我完全明白了他们相互之间的关系：我明白他们这种根深蒂固、永生永世的敌意，明白我们家杂乱无章的生活中的全部苦恼和愁闷气氛——当然，我不了解事情的前因后果，能了解多少算多少。在漫长的冬天的晚上，我常常随便缩在一个什么角落里，一连几个小时专注地观察他们，盯住父亲的脸，竭力琢磨他在想什么心事，想得这么入神。后来妈妈又让我感到惊奇乃至害怕。她在屋里不停地走来走去，从不知疲倦，能一连几个小时地走动；甚至往往是深更半夜，她失眠睡不着觉的时候，也不停地走动，嘴里一边自言自语，好像屋子里只有她一个人似的，一会儿两手摊开，一会儿又将双手交叉在胸前，一会儿又使劲地扭搓着双手，陷入极度可怕、无穷无尽的苦恼之中。有时候她暗自神伤，潸然泪下，也许往往连她自己都不知道为什么，因为她时常陷入一种不自知的状态。她患有某种非常疑难的病症，但她全然不放在心上。

我记得，我没有勇气打破我孤独、沉默的生活，这使我感到越来越难以忍受。生活上我开始懂事已经整整一年了，我一直在思考，在幻想，隐隐约约为我内心萌生的种种模糊不清的愿望自寻烦恼。我仿佛身处深山老林，孤身只影，举目无亲。最后，爸爸总算第一个注意到了我，他把我叫到自己跟前，问我为什么这样目不转睛地盯住他。我不记得自己是怎么回答他的了：只记得他考虑了一下，最后看了看我，说明天他就把识字课本带回来，并开始教我认字。我急不可耐地等着这识字课本，整夜都在想这件事，其实我还不大懂得识字课本是怎么回事。终于，到了第二天，父亲真的开始教我识字了。根据对我的要求，只用稍加指点我就明白了，我学得既迅速，又快捷，因为我知道这样爸爸会开心的。这是我当时生活中最幸福的时刻。当他摸着我的头，夸奖我理解力强、亲切吻我的时候，我立刻高兴得哭了起来。慢慢地，父亲开始喜欢我了；我已经敢于和他说话了，而且我们往往一谈就是几个小时，丝毫不觉得累，虽然有时候我一点儿也听不懂他对我说的话。但不知为什么我有点儿怕他,唯恐他以为我跟他在一起感到没意思,因此我千方百计地向他表明我全都听得懂。每天晚上跟我坐在一起聊聊,最后成了他的一种习惯。只要天色将晚,他便回到家来,我立刻带着识字课本走到他跟前去。他让我坐在他对面的长凳上,上完课,他就开始读一本什么书。我什么也听不懂,但是我却笑个不停,我想这会使他得到很大的满足。果不其然,我使他感到很开心;看见我笑,他自己也感到很高兴。就在那个时候,有一次,上完课后,他开始给我讲一个童话故事。这是我听到的头一个童话。我坐在那里,像着了魔似的,随着故事的发展,我心急如焚;听着听着,我也"飞向"了某个遥远的天国;故事讲完时,我欣喜若狂。也许是童话故事太使我着迷了——对,我可是把它当成真的了,我当时任凭自己发挥丰富的想象力,自由翱翔,把现实和虚构混在一起了。当时我脑子里就出现了挂着红帷幔的房子;紧接着,也不知怎么回事,像出场人物似的,就出现了亲自给我讲这个童话故事的父亲,出现了阻碍我们俩不知要到何处去的妈妈,末了——或者,毋宁说,首先是我——我突发奇想,满脑子的想入非非、异想天开——所有这一切,在我的脑子里都搅到了一块儿,很快便成了杂乱无章的混沌一团,以致有一段时间我失去了任何分寸,缺乏任何现实感,天知道我生活在什么地方。这时候我急得要死,迫不及待地想跟父亲谈谈前面等待着我们的是什么,他自己的期望是什么,以及一旦我们离开这个阁楼后他打算把我带往何处。我从自己这个方面坚信这一切很快就能实现,但是怎样实现,以什么方式实现,我不得而知,只能冥思苦想,大伤脑筋。有时候——特别是晚上——我觉得爸爸好像马上就会给我悄悄递个眼色,让我到过道里去;而我则准备背着妈妈,顺手抓起我的识字课本,还有一幅不知何年何月就在我家墙上挂着,而我又决心要带走的没有配框的蹩脚的平版石印画,然后我们一起偷偷地跑到什么地方,永远不再回到妈妈身边。有一次,妈妈不在家,我瞅准了一个爸爸特别高兴的时机——这往往发生在他喝了点儿酒的时候——走到他跟前,同他攀谈,想把话头马上转到我心里想谈的话题上来。终于,我如愿以偿,他笑了;于是我紧紧地搂住他,心里怦怦直跳,吓得跟什么似的,好像要谈一桩什么神秘而可怕的事情一样,我开始语无伦次、没头没脑地问他:我们将要去什么地方,很快就走吗,要带什么东西,我们将如何生活?最后我问他:"我们是不是要到那幢挂着红帷幔的房子里住?"

"哪幢房子?什么红帷幔?你在说什么呀?傻闺女,你在说胡话吧?"

这时我比以前更害怕了,赶紧向他解释,说等妈妈死后,我们就不再住在阁楼上了,他会带我到什么地方去,我们俩将会变得有钱而幸福;最后,我要他相信,这一切都是他亲口对我许诺过的。我在说服他的时候,完全相信父亲过去真的说过这样的话,至少我是这么觉得的。

"妈妈?死后?妈妈什么时候会死?"他吃惊地看着我反复问道,两道花白的浓眉紧紧皱着,脸色都有些变了,"你这是说的什么呀,可怜的傻闺女……"

于是,他开始骂我,跟我讲了很久,说我是个傻孩子,什么都不懂……不记得他还说了些什么,反正,他非常不高兴。

他骂我的话,我一句都听不懂;也不懂得他是那么伤心,因为我把他在又急又恼的情况下对妈妈说的话当真听进去了,而且铭记在心,一个人想了很多。不管当时他这个人如何,也不管他个人的行为如何荒唐,但这一切使他大为吃惊是很自然的。然而,虽说我全然不明白他为什么如此生气,但我还是感到非常伤心和难过;我哭了;我觉得,等待着我们的一切是那么重要,以至于我,一个傻孩子,既不敢说,也不敢去想。此外,他的话虽然从一开始我就没听明白,但是我隐隐约约地感觉到我对不起妈妈。我感到害怕和恐惧,我满腹疑惑。他见我痛哭流涕,非常苦恼,便开始安慰我,用袖子擦去我的眼泪,叫我不要再哭了。于是我们俩坐了一会儿,相对无言;他皱着眉头,好像在想什么心事;后来他又开始跟我说话,但是不论我怎样集中注意力,他说的一切听起来都非常含糊不清。根据目前我记得的这次谈话的只言片语断定,他当时是在向我解释他是怎样一个人,他是个多么伟大的表演艺术家,可是却没有人理解他,承认他是个才华出众的人。我还记得,他问我听明白没有;当然,他得到的回答是肯定的;他让我再回答一遍,他有没有才华。我回答说:"有才华。"对此他微微一笑,到后来他自己可能也感到非常好笑,因为他竟然跟我谈起他认为的非常严肃的话题。我们的谈话被卡尔·费多雷奇[1]的到来打断了,这时候爸爸指着他对我说:"瞧,卡尔·费多雷奇就一点儿才华也没有。"于是我笑了,立刻变得开心起来。

卡尔·费多雷奇是个非常有意思的人。在我人生中的那个时期,我很少见到别人,因此我怎么也忘不了他。现在回想起来:他是个德国人,姓梅耶尔,生于德国;他到俄国来一心想加入彼得堡芭蕾舞剧团。但他的舞跳得不好,甚至连想当配舞演员都没有被录取,在话剧团里也只是跑跑龙套。他扮演过福丁布拉斯[2]的侍从,没有台词,或者扮演维罗纳的一名骑士。二十来人一齐举起用硬纸板做的短剑,振臂高呼:"我们为国王视死如归!"[3]但是不可否认,世界上没有任何一个演员能像卡尔·费多雷奇那样严格忠实于自己所扮演的角色。他一生中最大的不幸和悲哀就是他未能正式进入芭蕾舞剧团。他把芭蕾艺术置于世界一切艺术之上,而且对它真是一往情深,就像爸爸对小提琴一样。

---

1 在口语中,"卡尔·费多罗维奇"常简称"卡尔·费多雷奇"。
2 莎士比亚的悲剧《哈姆雷特》中的人物,挪威王子。
3 据研究者认为,此话意在讽刺含有忠君思想的外国剧作。

他在话剧团的时候就和我爸爸认识了,从此以后,这位跑龙套演员从未离开过他。他们经常见面,经常彼此抱怨自己时运不佳,怀才不遇。德国人是世界上最重感情、最通情达理的人,他对我爸爸怀有最热烈无私的情谊;但是爸爸好像对他并没有什么特别的好感,只是把他当作一般熟人看待,因为他也没有什么别的人可以替代。此外,爸爸由于睥睨一切的个性,他怎么也无法理解芭蕾舞艺术也算一门艺术,因此把这个可怜的德国人气得直掉眼泪。爸爸知道他有一根脆弱的心弦,动不动就去触动它一下,拿可怜的卡尔·费多雷奇寻开心,特别是当这个德国人怒气冲冲地反驳的时候。后来我从 Б 那里听到过许多关于这个卡尔·费多雷奇的事,Б 称他是纽伦堡的草包。Б 讲了许多有关他跟我父亲的友谊的事情;反正他们时不时地相聚在一起,几杯酒下肚,便开始怨天尤人,哀叹命运不济,生不逢时。我记得他们聚会的情形;还记得,我看着这两个怪人,自己竟也哭了起来,哭什么我自己也不知道。妈妈不在家的时候,这种情况经常发生,因为那个德国人非常怕她,他总是站在前面的过道里,等有人出来时他先打听一下,要是妈妈在家,他立马顺着楼梯就跑了。他总是带来些德国诗歌,兴高采烈地冲我们俩大声朗诵,然后再一边朗读,一边翻译成半通不通的俄文,让我们领会诗的意思。这使爸爸非常开心,我也往往笑得眼泪都流出来了。但是有一次,他们俩搞到一部俄国作品,它大大激发了他们俩的热情,以至于后来他们只要聚在一起,几乎一定要朗读这部作品。记得那是一部诗剧,出自一位著名的俄国作者之手。这部作品的头几行我记得特别清楚,事隔数年之后,我偶然见到此书,一下子便认了出来。这部诗剧叙述了一位叫什么杰纳罗还是扎科博的大艺术家的不幸遭遇,他在剧本的某一页上大叫——"我得不到承认!",而在另一页上又大叫——"我得到承认了!"或者"我没有才华!",然后隔了几行又说:"我有才华!"结局是非常可悲的。当然,这是一部粗鄙之作,俗不可耐,但奇怪的是这两位读者从剧中主人公身上看到了许多与自己相似的东西,结果剧本以极其幼稚和可悲的方式对他俩产生了影响。记得卡尔·费多罗维奇有时激动起来,便从座位上一跃而起,跑到对面的屋角,执意请求爸爸与我当场就他和命运、他和公众发表意见;他的态度情真意切,满眼含着泪水,一个劲儿地用法语称我为"小姐"。这时候他会当场起舞,跳出各种各样的舞姿,喊着要我们立即告诉他:他到底怎么样——是不是表演艺术家,会不会认为他什么也不是,就是说,认为他毫无才华?爸爸这时会高兴地悄悄向我递个眼色,好像事先跟我打个招呼,他要拿这个德国人寻开心了。我觉得这太可笑了,但爸爸给我做了个吓唬人的手势,于是我强忍着没笑出声来,憋得我够呛。时至今日,我一想起这事还忍不住要发笑。这个可怜的卡尔·费多罗维奇仿佛就在我眼前。他个子矮小,又非常瘦弱,头发已经发白,红鹰钩鼻子上沾着些烟末子,而且长了两条罗圈腿;但是尽管如此,他好像对这两条腿的造型颇为欣赏,特意穿了条健美裤。当他跳完最后一个舞蹈动作,停下来摆好姿势,伸出双手向我们含笑致意时,就跟舞蹈演员在舞台上跳完一套动作时笑容可掬的神态一模一样;这时候,爸爸沉默片刻,好像一时拿不定主意似的,他故意让得不到承认的舞蹈家保持着最后的姿势,为保持身体平衡,卡尔·费多罗维奇只能一条腿用力,结果弄得左右摇晃。最后,爸爸表情严肃地看了看我,好像要请我作为他的意见的不偏不倚的见证人似的,而这时候舞蹈家也向我投来了胆怯的、期待的目光。

"不,卡尔·费多罗维奇,你这样不行!"爸爸终于说,他装出自己也不愿意道出这痛苦真理的样子。这时只听见卡尔·费多罗维奇发出一声真正的叹息,但是转眼间他又打起精神,动作麻利地手舞足蹈,请求重新予以审定,他说他跳的不是原先那一套,恳请我们再评议一次。然后他又跑到对面角落跳了起来,有时候他跳得是那么卖力,脑袋都撞着天花板了,碰得他疼痛难忍,但是他像斯巴达人那样,英勇顽强,不怕疼痛,停下来重新摆好姿势,再次笑容可掬地向我们伸出颤抖的双手,再次恳请我们对他的命运做出决定。但是爸爸不为所动,仍然沉着脸回答说:

"不行,卡尔·费多罗维奇,看来——你就是这个命:怎么也不行!"

这时候我再也忍不住了,笑得前仰后合的,爸爸也跟着我笑了起来。卡尔·费多罗维奇终于发现我们是在开他的玩笑,气得红头涨脸,含着眼泪对我爸爸说:"恨(很)不够朋又(友)!"他的话听起来有点儿滑稽,但他是怀着深厚的感情说的,以致后来我为这个可怜的人感到非常难过。

然后,他抓起帽子,跑出我们家,发誓永远不再来了。但这些不愉快持续不了多久;几天后,他又到我们家来了,又开始朗读那部名剧,又是椎心泣血、声泪俱下;末了,这位天真的卡尔·费多罗维奇再次恳请我们就他和世人、命运的是非发表意见;不过这次他恳求我们一定要严肃认真,像对待真正的朋友那样,不能再拿他寻开心了。

有一次,妈妈让我去小店买些什么东西,回家时,我小心地拿着找回给我的一枚小银币。走上楼梯,迎面遇到了父亲,他正要从家里出去。我冲他笑了笑,因为我一见他就控制不住自己的感情,这时他弯下身子吻了我一下,看见我手里有一枚银币……我忘记说了,父亲脸上的表情我再熟悉不过了,只用看上一眼,他心里想的什么我立刻就能猜个八九不离十。如果他郁郁寡欢,我心里也很难受。他最常发愁而且一筹莫展的事,就是他身无分文,因此一口酒也喝不上,解不了酒瘾。不过此时此刻,当我和他在楼梯上相遇时,我觉得他的情况有点儿特别。他眼睛浑浊,无精打采;他一开始没有看见我,但是当看见我手里的闪闪发光的银币时,他的脸一下子变得通红,然后又变得煞白;

他本想伸手把钱从我手里拿去,可立即又缩了回去。显然他心里在进行斗争。最后,他好像战胜了自己,让我走上楼去,他自己则往楼下走了几个台阶,但是他又忽然停住脚步,急忙叫住了我。

他的样子十分尴尬。

"听我说,涅朵奇卡,"他说,"你把这钱给我,回头我再还你。啊?你肯定会给爸爸的,是吧?涅朵奇卡,你是个好心的姑娘,是不是?"

我仿佛预感到了这一点。然而一上来我想到的是妈妈会生气的,我有些害怕,但更多的是我本能地为自己和为爸爸感到害臊,这使我没有立即把钱递给他。他当时看出了这一点,连忙说:

"算了,不要了,不要了!……"

"不,不,爸爸,你拿去吧;我就说钱弄丢了,被隔壁的孩子们抢走了。"

"那好,那好;我知道你是个聪明的小姑娘。"他说,嘴角哆嗦着露出了笑容。只要他觉得手中有钱,他便不再掩盖自己的欣喜之情:"你是个好心的小姑娘,你是我的小天使!来,让我亲亲你的小手!"

这时他抓住我的手就要亲,但我迅速把手缩了回来。我被一种怜悯之心所控制，越来越感到羞愧难当。我丢开父亲，失魂落魄地跑上楼去，也没有和他道别。走进屋子，一种以往从未体验过的难受的感觉涌来，我只觉得脸上发烧，心怦怦直跳。但我还是壮着胆子对妈妈说，我把钱掉进雪地里，怎么也找不到了。我想我至少要挨一顿毒打，但是这种情况并没有发生。妈妈最初确实气得要命，因为我们当时实在太穷了。她冲我大发脾气，但是很快，她好像一下子回心转意，不再骂我了，只是说我这个人一点儿也不机灵，总是丢三落四的，说我显然不怎么爱她，否则不会这样不心疼她的钱。她这样说使我感到更加难受，还不如打我一顿痛快。但是妈妈对我已经有所了解，她已经发现我非常敏感，常常陷入病态的兴奋状态，因此只是伤心地说我已不再爱她，想以此引起我更大的注意，让我今后遇事更小心些。

每逢傍晚爸爸该回来的时候，我习惯总是在过道里等他。这一次我心里非常不安。我的良心受到一种病态的折磨，使我感到十分窝火。终于，父亲回来了；我非常高兴，心想他一回来我的心情兴许会好一些。他有几分醉意，但一看见我，立刻现出神秘、尴尬的神色；他把我拉到旁边，缩头缩脑地看了看我们家的房门，然后从口袋里掏出他买的一块甜饼干，小声告诫我以后再也不要背着妈妈拿钱、藏钱了，因为这种行为很糟糕，很可耻，非常不好；这次之所以这样做，是因为爸爸急等着用钱，不过他会还的，到时候我可以说钱又找到了；拿妈妈的钱是很可耻的，叫我今后再也不要有这个念头，他对我说，要是以后我听他的话，他还会给我买甜饼干吃；最后他甚至补充说，希望我能疼爱妈妈，她身体有病，已经够可怜了，更何况她一个人为我们大家里外操劳。我听着他的话，心里感到非常害怕，浑身直打哆嗦，眼睛里含满了泪水。我惊讶得说不出一句话来，站在那里，呆若木鸡。最后，他走进房间，叫我不要哭，对妈妈什么也别说。我发现他自己也非常尴尬。整个晚上我都处在一种诚惶诚恐的状态，我第一次不敢拿正眼去看爸爸，不敢走到他的身边。他好像也在避免和我的目光接触。妈妈在屋里不停地走来走去，一面自言自语地说着什么，跟往常一样，好像有些精神恍惚似的。这一天她的情况更加糟糕，仿佛什么病发作了。最后，由于内心痛苦，我得了寒热病。夜里我无法入睡，噩梦不断折磨着我。后来我实在无法忍受,便伤心地大哭起来。我的哭声惊醒了妈妈;她叫了我一声,问我怎么回事。我没有回答她,但是哭得更伤心了。这时她点上蜡烛,走到我跟前开始安慰我,心想我这是做噩梦受惊吓了。"你呀,傻姑娘!"她说,"到现在做梦还要哭。得啦,别哭了!"她吻了吻我,让我跟她一起睡。但是我不愿意,我不敢拥抱她,不敢到她身边。我心里苦恼极了,这种感觉无法用言语形容。我真想把什么都告诉她。话已经到了嘴边,但我一想到爸爸和他的禁令,我就打住了。"我说,你呀,可怜的涅朵奇卡!"妈妈说,同时安置我躺下,把自己的旧披风给我盖上,因为她发现我一直在打寒战,浑身哆嗦,"你呀,将来八成跟我一样,体弱多病!"这时她神情忧郁地看了我一眼,我受不了她这种目光,赶紧眯起眼睛,把头转过去。我不记得自己是怎样睡着的,但是我恍恍惚惚听见可怜的妈妈说了一些催我入睡的话,而且说了很长时间。我还从未受过比这更折磨人的痛苦煎熬。我的心备受压抑,隐隐作痛。第二天早上,我感到松快一些。我开始跟爸爸说话,但对昨天的事我只字不提,因为我猜想这样他会感到非常愉快的。果不其然,他顿时表现出非常高兴的样子,在这之前,他看着我,总是紧皱着眉头。现在,他见到我时很高兴,一种欣喜之情、一种孩子般的满足感涌上了他的心头。没过多久,妈妈从家里出去了,他已经用不着再控制自己了。他开始吻我,使我感到欣喜若狂,又是笑,又是哭。最后,他说他想给我看一件非常好的东西,说我见了一定非常喜欢,因为我是个既聪明又善良的小姑娘。这时他解开坎肩,取下用黑绳子系在脖子上的一把钥匙。然后,他神秘兮兮地望着我,好像想从我的眼睛里发现在他看来我应当感到心满意足的样子;他打开一只箱子,小心翼翼地从中取出一个形状奇特的黑盒子;这只盒子以前我在爸爸那里从未看见过。他拿着这只盒子时有点儿提心吊胆的样子,这时他整个人都变了样:他脸上的笑容消失了,突然现出一副庄重严肃的神态。最后,他用钥匙打开了这只神秘的盒子,从中取出一件我从未见过的东西——这东西的形状看上去非常奇特。他小心翼翼、恭恭敬敬地把它捧在手里,说这是他的小提琴,是他的乐器。这时他开始对我说了好多话,声音很低,但一本正经;可是我听不懂他的意思,只听懂一些我以前记得的话——什么他是位表演艺术家,他有才华,以后总有一天他要演奏小提琴,最后还说我们大家将会变得很有钱,能交上大运。他满眼泪水,泪滴顺脸而下。他深为感动。最后,他吻了一下小提琴,又让我吻了吻。他见我想凑近看看琴,便把我领到妈妈的床边,把小提琴递到我手里;不过我看见他吓得胆战心惊,唯恐我把琴弄坏了。我拿起小提琴,碰了碰琴弦,听到了微弱的响声。

"这就是音乐!"我说,看了爸爸一眼。

"对,对,是音乐!"他高兴地搓着双手重复说,"你是个聪明的孩子,善良的孩子!"但是我看得出,尽管他在夸奖我,他也非常高兴,他还是在为自己的小提琴捏一把汗,弄得我也有些提心吊胆——我赶紧把琴还给了他。小提琴被小心翼翼地装进了盒子,锁上后放进了箱子;爸爸又抚摸着我的脑袋,答应以后每次都给我看他的小提琴,只要我像现在这样聪明、善良和听话。由此可见,小提琴排遣了我们共同的烦恼。只是到了晚上,爸爸离开家的时候才小声对我说,让我记住昨天他对我说的话。

就这样,我在我们这个家里逐渐长大了,一来二去,我的爱——不,叫我说,应该是痴情,因为我不知道有什么恰如其分的词,能够充分表达我对父亲的这种难以控制而又极其痛苦的感情——甚至发展到了某种病态的、神经质的地步。我只有一种享受——想他和思念他;只有一个意愿——尽自己之所能,哪怕给他带来一点点满足也好。有多少次,我在楼梯上等他回来,冻得我脸色发青,浑身哆嗦,为的只是早一点儿知道他回来了,匆匆地看上他一眼。有时候他只是稍微对我表示一下亲热,我就受宠若惊,大喜过望。而与此同时,我往往又感到自己一味对可怜的妈妈表示冷淡实在于心不忍;有时,我看着她,痛苦与怜悯使我愁肠百结,苦不堪言。他们长时期互相对立,不共戴天,对此我不能熟视无睹,置若罔闻,我应该在他们中间有所选择,应该站在某个人的一边;最后我站到了这个疯疯癫癫的人的一边,唯一的原因是我觉得他是那么可怜,那么卑躬屈节,而且当初是那么不可思议地激发过我的幻想。但是由谁来判断呢?——也许我眷恋他,仅仅是因为他这个人非常古怪,甚至外表上看起来也是这样,而且他不像妈妈那么严肃,那么郁郁寡欢;他几乎是个疯子,他身上往往表现出某种装腔作势、逗人发笑的东西,有许多孩子般的举动；最后，我眷恋他，也许仅仅是因为我不太害怕他，甚至不太尊重他，不像对妈妈那样。不知为什么，他更像是我的同辈人。一来二去，我感到我占了上风，我慢慢能使他听命于我了，他已经离不开我了。我心里对此很是自豪，感到非常得意，而且知道他离不开我，有时甚至能跟他撒撒娇。的确，我这种奇特的眷恋颇有点儿像小说……不过这种小说注定是长不了的：我很快就失去了父母。他们的生活因一场可怕的灾祸结束了，它在我的头脑里留下了沉重而痛苦的回忆。事情是这样发生的。

三

当时,整个彼得堡被一条非同寻常的新闻所轰动。传说大名鼎鼎的 C-Ц 要光临本市。彼得堡凡是跟音乐沾点关系的人都动了起来。歌手、演员、诗人、画家、歌迷,乃至一些从来不爱好音乐,而且一向自谦又自豪地声称连音符也一窍不通的人,也争相购票。买得起二十五卢布一张门票的热心者并不少见,但是音乐厅连这些人的十分之一都容纳不下;不过,C-Ц 在全欧洲的名声,他的年高德劭和盖世荣华,他那永不凋谢的旷世之才,还有传闻说他近来已很少公开演出,相信他这是最后一次在欧洲巡回演出了,然后就将彻底告别乐坛,不再演奏了——所有这些,都产生了相应的效果。总之,这消息给人的印象是强烈的,深刻的。

我已经说过,每一位新的小提琴手的到来,每一位哪怕只是有点儿名气的小提琴手的来访,都会引起我继父的极大不快。他总是赶在别人前头,急着去听来访艺术家的演奏,以便尽快了解人家的艺术水准。当他听到周围的人对来访者赞不绝口时,他往往感到非常痛苦,只有当他挑出了新小提琴手在演奏技术上的毛病,而且尖酸刻薄地到处散布自己的看法的时候,他的心理才能得到平衡。这个可怜的疯疯癫癫的人认为全世界只能有一位天才,只能有一位艺术家,而这位艺术家,当然就非他莫属了。音乐天才 С-Ц 来访的传闻自然使他受到了极大的震动。必须指出的是,近十年来,彼得堡一个名家都没有来过,甚至比 С-Ц 略逊一筹的高手也没有来过;因此,我父亲对欧洲一流表演艺术家的演奏水平根本就不了解。

人们告诉我,С-Ц 来访的消息刚一传开,有人便在剧场后台看见了我父亲。据说,他到了那里,情绪非常激动,急不可耐地一再打听 С-Ц 的情况和即将举办的音乐会。剧场的人很长时间没看见他在后台出现了,因此他这一来甚至还引起了一些反响。有人存心逗他,用挑衅的口吻说:"这次呀,叶戈尔·彼得罗维奇,您老人家将听到的可不是什么芭蕾舞音乐了,而是那种准保使您感到无地自容的音乐!"据说,他听了这番挖苦话,脸都变白了,可是仍然带着神经质的微笑,回答说:"走着瞧吧;他山之石,可以攻玉嘛;要知道,C-Ц 一向待在巴黎,法国人把他吹得天花乱坠,可是谁不知道,法国人的话值几个钱!"如此等等。大家听了哄堂大笑;可怜的父亲非常生气,但是他强压怒火,补充说——其实他别的什么也没有说,就说咱们还是走着瞧吧,会见分晓的,反正离后天也不远了,是骡子是马,很快就会见分晓的。

据 Б 说,就在这天傍晚,天黑之前,他遇见了著名的票友 X 公爵,这是一个深懂而且酷爱艺术的人。他们并肩同行,边走边议论新到的小提琴手的事;这时候,忽然在一条街拐弯的地方,Б 看见我父亲正站在一家商店的橱窗前,聚精会神地看着一张海报,海报上用大字印着关于 C-Ц 的音乐会的通告,就摆在商店的窗台上。

"您看见这个人了吗?" Б 说着,指了指我父亲。

"他是谁?"公爵问道。

"这个人您一定听说过。他就是叶菲莫夫,我跟您提过不止一次,以前您还帮助过他。"

"啊,真有意思!"公爵说,"关于这个人您谈过很多。人们都说这个人非常有意思。我倒想听听他演奏得如何。"

"不值一听,"Б回答说,"怪难受的。不知道您怎么样,反正我总觉得他的演奏听起来撕心裂肺的。他的生活是一部可怕的、荒唐的悲剧。我非常了解他,不管他多么厚颜无耻,我内心对他的好感依然没有消失。公爵,您说他这个人应该是挺有意思的。您说得很对,但是他给人的印象太糟糕了,叫人难以忍受。第一,他是个疯子;第二,这个疯子有三桩罪行,因为除他自己外,他还害了另外两个人——他的老婆和他的女儿。我了解他;如果他确信自己有罪,他会立刻死去。但是要知道,可怕的是已经八年过去了,他几乎已经相信了他有罪,而且他跟自己的良心也斗争了八年,为的就是充分认识这一点,而不是几乎。"

"您是说他很贫穷吗?"公爵说。

"是的。但是贫穷目前对他来说几乎等于幸福,因为贫穷可以被当作一种借口。现在他可以对任何人说,是贫穷妨碍了他,要是他有钱,他就会有时间,就不必事事操心，人们立刻就会看到他是怎样一位表演艺术家了。他结婚时曾经异想天开，指望他老婆的一千卢布能帮助他功成名就。他这样做像个幻想家，像位诗人，其实他这一辈子一贯如此。您知道吗，他讲了整整八个年头，没完没了地讲，他认为造成他不幸的罪魁祸首就是他老婆，是她妨碍了他。他两手一甩，什么都不想干。可如果他离开了这个老婆——他将成为世界上最不幸的倒霉鬼。已经有好几年了，他连摸都没摸过小提琴一下——您知道是为什么吗？因为每次当他拿起琴弓的时候，他自己心里不得不承认，其实他什么也不是，等于零，根本不是什么表演艺术家。如今，琴弓就在一边放着，他至少还有一线希望，希望这不是真的。他是个酷爱幻想的人：他总想会突然出现奇迹，一下子他可以成为世界上最有名的人。他的座右铭是——aut Caesar, aut nihil[1]，好像忽然一下子他就可以变成恺撒似的。他渴望飞声腾实，出人头地。可要是这种心态成为一个艺术家主要和唯一的动力的话，那他就不是什么艺术家了，因为他已经丧失

---

[1] 拉丁文，意思是：要么做恺撒，要么一文不值。这是恺撒·博尔吉亚的座右铭。

了主要的艺术本能,就是说,失去了对艺术的钟爱,不再仅仅认为艺术就是艺术,而不是别的什么,不是一种虚名。但是对于С-ц来说,情况恰恰相反:他一拿起琴弓,对于他来说,世界上除了他的音乐,别的什么都不存在了。放下琴弓,他首先关心的是钱的事,好像第三位才是名誉。不过叶菲莫夫很少关心这些……您知道这个不幸的人现在在关心什么吗?"Б指着叶菲莫夫补充说,"他关心的是世界上最愚蠢、最无聊、最可悲又最可笑的一件事,即他比С-ц高明,还是С-ц比他高明。——别的他什么都不关心,因为他总相信他才是全世界首屈一指的音乐家。您要是能使他相信他根本就不是什么表演艺术家,我可以告诉您,他会像五雷轰顶似的,当场死去,因为一旦要他放弃他一生所向往的固定思想观念,那简直是太可怕了,毕竟这种思想的基础是根深蒂固的,是严肃认真的,他的天赋才能当初也确实是真实的。"

"真有意思,不知他听了С-ц的演奏后会怎么样。"公爵说。

"是啊,"Б若有所思地说,"不过不行:他只能醒悟于一时;他的癫狂能压过事实真相,因此他会马上找到某种借口的。"

"您这样认为吗？"公爵说。

这时，他们走到了父亲的身旁。我父亲本想悄悄地走开，但是 Б 叫住了他，跟他搭上了话。Б 问他参加不参加 C-Ц 的音乐会。父亲回答得很冷淡，说他不一定参加，说他有件比音乐会和听外国高手演奏更重要的事要办，不过到时候看情况，如果有空，能抽出时间，为什么不参加呢？不妨去听听。这时他迅速地、惴惴不安地看了 Б 和公爵一眼，心存疑虑地微微一笑，然后摘下帽子，点点头，借口无暇奉陪，从一旁侧身而过。

然而，我一天前就已经知道了父亲之所想。我不知道他究竟为什么事苦恼，但我看得出，他非常不安，心烦意乱；这一点连我妈妈都看出来了。这时候妈妈刚好病得很厉害，两条腿几乎迈不开步。父亲一会儿回来，一会儿出去。早上有三四个客人来找他，都是他原先的同事；对此我感到很奇怪，因为除了卡尔·费多雷奇，自爸爸离开剧院后，我几乎没有看见过有谁到过我们家，人们都不再和我们来往了。最后，卡尔·费多雷奇跑得上气不接下气，带来一张海报。

我细心听着,留神看着,这一切使我感到非常不安,好像这一切烦恼和爸爸脸上的惶惑表情都是我造成的,是我一个人的错似的。我很想弄明白他们在谈些什么,我头一次听见了 С-ц 的名字。后来我才明白,要见到这位 С-ц 最少要花十五卢布。我还记得,爸爸有些忍不住了,他把手一挥,说他知道这些个洋玩意儿,知道这些闻所未闻的天才是什么货色,也了解 С-ц,他们都是些犹太佬,来骗俄国人钱的,因为俄国人容易相信各种无稽之谈,何况是法国人吹起来的,那就更不用说了。我已经明白没有才华是什么意思了。客人们笑起来,不久后都走了,撇下父亲,他心里很不是滋味。我知道他因什么事在生那个叫 С-ц 的人的气;为了讨他的好,给他消愁解闷,我走近桌子,拿起海报,开始仔细察看,并大声念出了 С-ц 的名字。然后我笑着看了看正坐在椅子上若有所思的爸爸,说:"他跟卡尔·费多雷奇差不多,看来也是个没用的货。"父亲先是一愣,好像被吓了一跳,然后从我手里夺过海报,又喊又叫,又是跺脚,抓起帽子就要从房里出去,但他立刻又转了回来,把我叫进过道,吻了我一下,然后带着一种紧张不安和恐惧的神情开始跟我说,说我是个聪明善良的孩子,说我大概不想让他伤心,说他希望我能帮他个大忙,但是帮什么忙,他没有说。而且,听他说话我觉得非常难受;我看得出,他说的话和表示的疼爱都不是出于真心实意,而这一切都使我感到有些震惊。我非常苦恼,开始为他担心。

第二天,吃午饭的时候——这已经是音乐会的前夕了——爸爸的情绪低落到了极点。他的整个样子都变了,不停地一会儿看看我,一会儿看看妈妈。最后,使我惊讶的是,他竟然跟妈妈说起话来——我之所以惊讶,是因为他几乎从来不主动跟妈妈说话。饭后,他对我表现得特别亲热;他不断寻找各种借口,把我叫到过道里,而且总是左顾右盼,好像生怕被人撞见似的;他一直抚摸着我的脑袋,不断地吻我,一个劲儿地说我是个好孩子,心眼好,听话;说我一定很爱自己的爸爸,一定会去做爸爸让我做的事情。这一切使我厌烦透了。最后,当他第十次把我叫到过道里,事情才终于真相大白。他愁眉苦脸地环顾四周,惴惴不安地问我是不是知道妈妈昨天早上带回来的二十五卢布放在什么地方了。我听到这个问题简直惊呆了。但就在这个节骨眼上,楼梯上有人的动静,于是爸爸失魂落魄地丢下我，跑了出去。他回来的时候已经到了晚上，一副尴尬、忧郁、愁眉苦脸的样子；他一声不响地坐在椅子上，局促不安地开始打量我。我感到一阵恐惧，于是我有意避开他的目光。最后，在床上躺了一整天的妈妈叫我过去，递给我几枚铜钱，让我到小店去给她买茶叶和白糖。我们家很少喝茶：根据我们的境况，妈妈偶尔允许喝点儿茶，那也只是在她感到身体不适、高烧发冷的时候。我接过钱，走进过道，撒腿便跑，唯恐有人追上我。但我预料中的事还是发生了：爸爸在街上追上了我，把我带上了楼梯。

"涅朵奇卡！"他声音发颤地说，"我的宝贝！你听我说：把这些钱给我，明天我就……"

"好爸爸！好爸爸！"我叫着，扑通一声跪下来求他，"好爸爸！我不能给！这样不行！要给妈妈买茶叶……不能拿妈妈的钱，怎么都不行！下次我再拿……"

"你这是不想给了？是你不肯给了？"他恶狠狠地小声对我说，"就是说，你不再爱我了，是不是？那么，好吧！现在我不要你了。留下跟你妈妈过吧，我要离开你们走了，我不能带你一起走。听见了吗，你这狠心的丫头！你听见没有？"

"好爸爸！"我吓得大声叫道，"把钱拿去吧，给你！我现在该怎么办呢？"我搓着双手，抓住他常礼服的下摆继续说："妈妈会哭的，妈妈又要骂我了！"

他好像没想到事情会这样麻烦，不过钱他还是拿去了；最后，他受不了我的抱怨和哭闹，把我丢在楼梯上，一个人跑了下去。我走上楼，到我们家门口时，我走不动了；我不敢进屋，也没法进去；我心里真是百感交集，既深恶痛绝，又胆战心惊。我双手捂住脸，扑到窗前，就跟头一次从父亲那里听到他希望妈妈死去时那样。我神志恍惚，呆若木鸡，听到楼梯上稍微有点儿响声我就吓得浑身颤抖。我终于听见有人急匆匆地向楼上走来。这是他，我听出是他的脚步声。

"你在这里？"他低声说。

我向他扑了过去。

"给你！"他一面叫道，一面把钱塞到我手里，"拿去！把钱拿回去！现在我不是你父亲了，你听见了吗？现在我不愿做你的爸爸了！你更爱妈妈，而不是我！那你就到妈妈那里去吧！我不愿认你了！"说完这些话，他把我往旁边一推，又匆匆跑下楼去。我哭着追了过去。

"爸爸！好爸爸！我听你的话！"我喊叫着，"我更爱你，不是妈妈！把钱拿回去，拿去呀！"但他已经听不见我的声音了，他消失得无影无踪。整个晚上，我唉声叹气，闷闷不乐；我受了风寒，直打寒战。记得妈妈跟我说了些什么，几次叫我到她身边去；我当时好像什么也不知道，既听不见什么，也看不见什么。最后来个歇斯底里大发作：我大喊大叫，又哭又闹；妈妈吓坏了，不知如何是好。她让我躺到她的床上，我紧紧搂住她的脖子，浑身直打哆嗦，时时担心会发生什么事情，我也不记得自己是怎样睡着的。就这样过了一整夜。早上我醒来得很晚，妈妈已经不在家了。她总是出去忙自己的事。爸爸那里来了个什么人，他们俩就什么事情在大声地交谈。好不容易等到客人走了；这时屋里就剩下了我们两个，我跑到爸爸跟前，哭着求他原谅我昨天的事。

"你能够像以前那样做个聪明孩子吗？"他严厉地问我。

"能够，爸爸，我能够！"我回答说，"我告诉你妈妈的钱在什么地方放着。就在她的这个抽屉里，在一个小盒子里,昨天还放在那里。"

"昨天还放在那里?在哪儿?"他叫着,猛地从椅子上站了起来,"钱在哪儿?"

"锁起来了,爸爸,"我说,"别着急:晚上妈妈会叫我去换零钱的,因为我看见零钱都用完了。"

"涅朵奇卡,我需要十五卢布!你听见了吗?只需要十五卢布!今天就给我弄来,明天我便全还给你。我现在就去给你买糖果,买榛子……还给你买玩具娃娃……明天也会买的……天天我都会带好东西回来,只要你做个聪明的小姑娘!"

"不要,爸爸,我不要!我不要你送我东西,我不会吃的,我会还给你的!"我哭喊着,满眼的泪水,因为此时此刻我真是感到伤心极了。在这一瞬间,我感到他并不可怜我,也不疼爱我,因为他看不出我是多么爱他,他以为我为他办事只是想得到他送的东西。这时候,我——一个孩子——算是把他给看透了,而且我感到这个想法给我造成了永久的伤害,我已经不可能再爱他了,我已经失去了原先的爸爸。而他呢,我的许诺使他处于某种兴奋状态;他见我为了他决心什么都干,为了他我一切都豁上了,而天晓得当时我的这个"一切"包含了那么多的内容。我知道这些钱对于我可怜的妈妈意味着什么；我知道她丢了这些钱会气出病来的，所以我感到万分痛苦。但是他视若无睹；他把我当成了三岁小孩，其实当时我什么都懂。他那份高兴劲儿就别提了；他吻我，叫我别哭，答应我当天我们就离开妈妈，远走高飞——看来他是想圆我一个朝思暮想的梦——最后，他从口袋里掏出一张海报，开始要我相信，说他今天要去见的这个人是他的仇敌，是他的死对头，但是他的敌人们决不会得逞。他跟我谈论起自己的敌人时简直就像个孩子。他发现他跟我说话时，像往常那样，我脸上没有笑容，而且听他说话的时候也一言不发，他便拿起帽子，从屋里走了出去，因为他当时正急于要到什么地方去；但在临走时，他再次吻了吻我，皮笑肉不笑地冲我点点头，看样子对我有点儿不放心，又好像努力在争取我不要变卦。

我已经说过，他有点儿精神不正常；不过，这在前一天就非常明显了。他要这些钱是为了买音乐会的入场券，而这场音乐会对于他来说是生死攸关的大事。他仿佛早已预感到这场音乐会将要决定他的整个命运,但是他也太饥不择食了,头一天竟然从我手里抢走那几个铜币,好像用那几个钱就能给自己买张入场券似的。午饭时他的表现就更加反常了。他简直一分钟也坐不住,吃的东西什么也不碰,一会儿站起来,一会儿又坐下去,好像改变了什么主意;他时而拿起帽子,好像要到什么地方去,时而又莫名其妙地变得无精打采,嘴里念念有词;后来他突然看了看我,给我使了个眼色,向我比画着什么,好像他急着要用钱,有点儿等不及了,又好像对我还没从妈妈那里把钱拿来有些生气。他这些怪模怪样的举动连妈妈都注意到了,她惊讶地望着他,觉得莫名其妙。我简直跟判了死刑一样。午饭吃完了,我缩在一个角落,像得了寒热病,浑身发抖;我一分一秒地算着妈妈平常让我去买东西的时间。我一辈子都没有经历过比这更难熬的时刻;这段时间在我的记忆中真是刻骨铭心,我永世不忘。在这些分分秒秒里,我真是心心念念、百感交集!一个人几分钟的感受甚至比几年的感受还要多。我感到我的行为非常不好:原本是他启发了我善良的天性——当时他头一次怯懦地把我推到邪恶的一边,为此自己也吓了一跳,于是对我说,我的行为非常不好。难道他真的就不懂得欺骗一个渴望认识诸多现象的人是多么困难吗？而且这个人对许许多多的善和恶已经有所感受、有所思考了。我明知这里显然有他的难言之苦，他不得不再次叫我干坏事，从而葬送我可怜的、无人保护的童年，不惜冒再次动摇我那尚未定型的良心的风险。如今，我躲在一边独自寻思：我自觉自愿要做的事情，他为什么还要答应奖赏我呢？以前从未有过的新的感觉、新的追求和新的疑问，在我的心中铺天盖地而来，我被这些问题弄得愁肠寸断、苦不堪言。后来我忽然想起了妈妈，我想象着她失去最后一点劳动所得时痛苦不堪的样子。最后，妈妈放下勉强在做的活，把我叫了过去。我战战兢兢地向她走去。她从柜子里拿出钱，递给我说："去吧，涅朵奇卡；只是看在上帝的分上，别像前几天那样糊里糊涂把钱丢了，也不要让人少找了钱。"我带着祈求的目光看了看父亲，但他冲我点点头，露出赞许的微笑，搓着双手，一副急不可待的样子。时钟敲了六下，而音乐会是七点钟开始。这番等待也够他难熬的了。

　　我在楼梯上停下来等他。他是那样地兴奋激动、急不可待，竟然毫无顾忌地跟着我跑了出来。我把钱给了他;楼梯上光线很暗,因此我看不清他的脸,但我感到他在接钱的时候全身都在发抖。我站在那里,呆若木鸡;最后,一直到他让我上楼把他的帽子给他拿下来时我才如梦初醒。他连屋子都不愿意进去。

"爸爸!难道……你不带我一块儿去吗?"我问道,声音断断续续,心里怀着最后的一丝希望——但愿他能考虑到我。

"不……我先一个人去……啊?等一下,等一下!"他忽然想起了什么,急忙叫道,"等一下,我这就去给你买好吃的东西;你先上楼去把我的帽子拿来。"

我好像当头给泼了一盆冷水。我惊叫一声,推开他,向楼上跑去。我走进屋子时脸色难看极了,要是我说我的钱刚刚被人抢了,妈妈准会相信我的,但此时此刻我什么也说不出来。绝望中我一头扑到妈妈的床上,两手紧紧捂住面孔。不一会儿,门吱扭一声被小心翼翼地推开了,爸爸走了进来。他是来拿自己的帽子的。

"钱在哪儿?"妈妈突然喊道。她一下子就猜到了什么非同一般的事:"钱呢?说呀!你说呀!"这时,她抓住我,把我从床上拖下来,让我站在屋子中间。

我一声不吭，两眼只瞧着地下；我几乎不明白我这是怎么了，也不清楚要做什么。

"钱在哪儿？"妈妈再次喊道，她丢开我，突然转向正拿着帽子要走的爸爸。"钱在哪儿？"她又问了一遍，"说！她把钱给你了吗？你这个寡廉鲜耻的东西！恶魔！害人精！你这样也会毁了她的！她还是个孩子！一个孩子呀！不行！你决不能就这样一走了之！"

她转身跑到门口，把门从里面锁了起来，自己拿着钥匙。

"说！老实说吧！"她开始对我说，由于激动，她的声音勉强能够听清，"都老实坦白吧！说呀，快说！要不……我真不知道该拿你怎么办！"

她抓住我的两只手，又扭又搓，一再地拷问我。她都快要气疯了。这时我决心保持沉默，关于爸爸的事我一句也不提，不过我最后还是怀着惴惴不安的心情看了看他……我期待中的他的一个目光，一句随便什么话，都足以使我感到非常幸福，不管我遭受多大的痛苦，也不管我受到怎样的拷问……可是，天哪！他却向我做了个无情的带威胁性的手势，要我守口如瓶，好像此时此刻我还会怕别的什么威胁不成。我觉得我的喉咙被堵住了,简直喘不过气来,两腿一软,便倒在地上,不省人事……跟我昨天的神经性晕厥一样。

这时突然有人敲我们家的门,我醒了过来。妈妈开了门,于是我看见一个身着仆役制服的人走了进来,他惊讶地把我们几个打量一番,问哪位是乐师叶菲莫夫。我继父说他就是。于是这位仆役递上一封便函,说他是奉此刻正在公爵那里的 Б 的差遣来的。信内是一张 C-Ц 音乐会的请柬。

身着华丽制服的仆役的出现,其主人公爵差人来找穷乐师叶菲莫夫——这一切,一时间给妈妈留下了强烈的印象。我在故事一开始就谈到过她的性格,这个可怜的女人一直还爱着我父亲。直到现在,虽然她接连不断地经受了整整八年的痛苦和磨难,但她仍然初衷不改:她还能够爱他!天晓得,也许她突然发现丈夫眼看就要时来运转了,就算有一线希望,对她也会产生影响。说不定她也受到了她那古怪丈夫坚定自信的一些感染!况且,这种自信对她这样一个脆弱女人也不可能不产生一点儿影响;单凭公爵的垂青,她在瞬息之间就可以为丈夫构思出上千张蓝图来。转眼的工夫,她已经打算跟他再次言归于好,她可以原谅他一生的不是,甚至对他最新的罪行——牺牲她唯一的孩子——也是如此,经过仔细权衡,在新的高涨热情下,在新的希望鼓舞下,她也可以把这一罪行贬为一般有失检点的行为,说成是由于穷困潦倒、生活艰难和走投无路而迫不得已的怯懦的表现。她仍然保留着对他的深情厚谊,此时此刻,她已经准备再次原谅她不可救药的丈夫,给予他无限的同情。

父亲有些惊慌失措,公爵和 Б 的关注也使他大为惊讶。他径直走到妈妈跟前,小声对她说了什么,妈妈便从屋里走了出去。两分钟后,她取回一点儿零钱,爸爸当即给了送信人一个银卢布,来人礼貌地鞠一躬便走了。这时妈妈走出去,不一会儿拿来一只熨斗,取出丈夫最好的一件胸衬,开始熨烫。她亲自把一条白色的亚麻领带给他系在脖子上,这条领带放在柜子里备而不用不知有多长时间了;它一直同父亲刚进剧院任职时缝制的尽管已经很旧的燕尾服放在一起。梳洗穿戴完毕,父亲拿起帽子,不过临走时他要了一杯水;他脸色苍白,疲惫不堪地在椅子上坐了下来。递给他水的已经是我了;也许,一种厌恶的感情重新在妈妈的心底悄然泛起，她最初的一时热情已经冷了下来。

爸爸走了，我们俩留了下来。我躲在一角，一声不响地久久望着妈妈。我从未见过她如此激动：她嘴唇哆嗦着，苍白的双颊忽然变得通红，她每隔一阵子就浑身颤抖。最后，她满肚子的苦水开始变成怨恨、啜泣和哀叹发泄了出来。

"这要怪我，都怪我这个苦命人！"她开始自言自语，"将来她怎么办呢？我死后她怎么办呢？"她站在房子中央继续说，她自己好像也被这一闪念所惊呆了。"涅朵奇卡！我的孩子！我可怜的、苦命的孩子！"她说着，把我抱起来，神经质地搂住我不放，"我在世时尚且不能把你养育好、照看好，将来我能把你托付给谁呢？哎呀，你不明白我的意思！听懂了吗？涅朵奇卡，我现在说的话你能记住吗？以后能记住吗？"

"能记住，能记住，好妈妈！"我说着，把两只手摞在一起，求她放心。

她紧紧地把我搂在怀里，长时间不放手；好像她一想到要跟我分开浑身就发抖。我的心都要碎了。

"妈妈！我的好妈妈！"我哭着说，"为什么你……

为什么你不爱爸爸呢?"我哭得说不下去了。

她发出一声痛苦的呻吟。接着,一种新的、可怕的悲伤使她在屋里坐立不安,来回走动。

"可怜呀,我可怜的孩子!我根本没留意她已经长大了;她知道,什么都知道!我的天哪!给她留下什么印象,做的什么榜样!"于是她又绝望地搓着双手。

后来她走到我跟前,狂热地亲吻我,亲吻我的双手,在我的手上洒满了眼泪;她请求我原谅……以前我从未看到过她这样痛苦……最后,她仿佛因过度悲伤,陷入了麻木的状态。就这样,过去了整整一个小时。后来她站起身,精疲力竭地跟我说话,让我睡觉去。我回到了自己的角落,钻进被窝,但是迟迟不能入睡。妈妈使我痛苦不堪,爸爸也使我痛苦不堪。我焦急地等待着爸爸的归来。一想到爸爸,我就有一种莫名的恐惧感。半小时后,妈妈端着灯,走到我跟前,看我睡着了没有。为了使她放心,我闭上眼睛,装作已经睡着的样子。妈妈看了看我后,轻手轻脚地走到橱柜前,拉开柜门,给自己倒了一杯酒。她把点着的灯台放在桌子上,门也不上锁,就像平时爸爸晚归时那样,自己喝完酒,便躺下睡了。

我躺在那里迷迷糊糊的,但就是闭不上眼睛。刚一合眼,立刻就被一些可怕的幻觉所惊醒,吓得浑身直打哆嗦。我愁肠百结,不堪其忧。我想大声喊叫,但喊声在我喉咙处卡住了。最后,已经是深夜了,我听见我们家的门被推开了。我不记得过了多长时间,但当我忽然睁开双眼时,我看见了爸爸。我觉得他的脸色煞白。他坐在门边的椅子上,好像在想着什么。屋子里死一般的寂静。流泪的蜡烛忧伤地照耀着我们这个家。

我看了很长时间,但是爸爸仍然一动未动;他稳稳地坐在那里,姿势一直未变;他低着头,两手直挺挺地扶住膝盖。我几次想叫他,但我叫不出来。我还处在麻木状态。最后,他忽然清醒了过来,抬起头,从椅子上站起身。他在屋子中间站了几分钟,好像在决定一件什么事情;然后他走到妈妈床前,仔细地听了听,在确定她睡着了以后,便朝放着他的小提琴的箱子走去。他打开箱子,取出黑色的琴盒,把它放在桌子上;然后又朝四下看了看;他的目光茫然,飘忽不定——我还从未看见他这样过。

他刚拿起小提琴,立刻又把它放了下来,回身去把房门锁上。然后,他看见橱门开着,便蹑手蹑脚地走了过去;他看见了酒杯和酒,便倒了一杯,一饮而尽。这时候,他第三次拿起小提琴,但是又第三次把它放下,然后朝妈妈的床边走去。我吓得人都呆了,只等着看下面事情会怎么样。

他好像听了很长时间,然后忽然把被子从她脸上掀开,用一只手开始触摸她的脸。我感到不寒而栗。他再次弯下身,脑袋几乎挨着了妈妈;但当他最后一次直起身来的时候,仿佛他那面如死灰的脸上掠过一丝微笑。他轻轻地、小心翼翼地给熟睡的妈妈盖好被子,把她的头和脚都盖上……这时候,一种从未有过的恐惧使我开始浑身发抖:我替妈妈感到害怕,觉得她睡得这么死真是太可怕了,我惴惴不安地望着妈妈在被子下显露出的一动不动的线条分明的身体轮廓……我脑子里一个可怕的念头像闪电似的一掠而过。

等一切都收拾好后,父亲又走到橱柜旁,把剩下的酒喝了。他全身发抖地走到桌旁。他变得简直都让人认不出来了——脸色煞白煞白的。这时他又拿起了小提琴。我见过这把小提琴,知道它是什么,但这时一分钟,他也许会把我当场打死。

"爸爸!"我冲他喊道,"爸爸!"

听到我的喊声,他浑身颤抖,像一片树叶,并且后退了两步。

"啊!原来你还在呀!这么说事情还没有结束!你还跟我待在一起!"他喊叫着,抓住我的肩膀,把我高高举起。

"爸爸!"我再次喊道,"看在上帝的分上,不要吓唬我!我害怕!哎哟,哎哟!"

我的哭叫声使他不禁一愣。他把我轻轻放在地上,一声不吭地看了我一会儿,他像在辨认和回忆着什么。最后,忽然之间,他似乎完全变了一个样子,好像被一个什么可怕的念头吓住了——浑浊的眼睛里流出了泪水;他向我弯下身,开始仔细打量我的面孔。

"爸爸!"我战战兢兢地对他说,"不要这样看着我,爸爸!我们从这里走吧!要尽快离开!快走!逃跑吧!"

"对,逃跑,逃跑!是时候了!我们走,涅朵奇卡!快点儿,快点儿!"于是他手忙脚乱起来,好像刚刚才想到他应该怎么办似的。他慌慌张张地四下打量,见地上有一块妈妈的手绢,他把它捡起来装进了口袋,后来又看见一顶睡帽——他也把它捡起来藏在身边;他好像打算要出远门似的,把需要的东西都统统带上。

我迅速穿好自己的衣服,也急忙开始收拾一切我认为路上用得着的东西。

"好了没有?好了没有?"父亲问道,"都收拾好了吗?快点儿!快点儿!"

我胡乱打好一个包,把头巾往头上一系,我们俩就要往外走;这时我忽然想到应该把墙上挂的那幅画带上。爸爸当即表示同意带走。这时他表现得很镇静,说话轻声细语,但也一个劲儿地催我快走。那幅画挂得很高;我们一块儿搬来一把椅子,然后上面再放一只小板凳,好不容易爬了上去,最后几经周折,费了好大劲儿,总算把画取了下来。这时,我们远行的准备工作才算大功告成。他拉着我的手,我们已经动身要走了,但是爸爸忽然又让我停下。他摸着脑门等了好长时间,好像在回想还有什么事情没有办完。最后他似乎想起来他应该办的事;他找出放在妈妈枕头下的钥匙,急匆匆地开始在柜子里寻找什么。最后,他回到我身边,拿来了从抽屉中找到的一些钱。

"给你，拿着，收好了，"他小声对我说，"别弄丢了，记住，要记住！"

他先是把钱放在我手里，然后又拿起来，塞进我怀里。记得当这些银币挨着我身子时我不由得打了个寒战，好像只有这时候我才懂得钱是什么东西似的。这时我们一切准备就绪，但他突然再一次叫住了我。

"涅朵奇卡！"他对我说，好像努力在思考什么，"我的孩子，我忘记了……什么来着？……一件应该做的事吧？……我不记得了……对了，对了，我想起来了！……涅朵奇卡，你过来！"

他把我领到供奉圣像的角落，叫我跪下来。

"祈祷吧，我的孩子，好好祈祷！对你有好处的！……对，一定会有好处的。"他指着圣像小声对我说，并且有点儿奇怪地看着我。"祈祷吧，祈祷吧！"他用一种请求的、央告的语气说。

我扑通跪倒，双手垂下，心中充满了恐惧和绝望；我倒在地上，躺了好几分钟，像死人一样。祈祷时我集中了自己的全部思想和全部感情，但恐惧还是控制了我。我忧心忡忡，稍稍抬起身来。我已经不想跟爸爸走了，我害怕他，我想留下来。最后，一直憋在我心里,使我万般苦恼的疑虑,终于迸发了出来。

"爸爸,"我流着眼泪说,"可妈妈呢?……妈妈怎么啦?她在哪里?我的妈妈在哪里?……"

我说不下去了,便哭了起来。

爸爸也含泪看着我。最后,他拉住我的手,把我领到床边,然后把一大堆乱七八糟的衣服扒开,掀开了被子。我的天哪!妈妈躺在那里,死了,尸体已经冰凉、发青了。我木呆呆地看看她,然后扑到她身上,搂住她的尸体。父亲扶我跪了下来。

"向她鞠个躬,孩子!"他说,"和她告别吧……"

我鞠了一躬。父亲跟我一起也鞠了一躬……他的脸色煞白;他的嘴唇在翕动,在嘟囔些什么。"这不是我,涅朵奇卡,不是我,"他用颤抖的手指着妈妈的尸体对我说,"你听着,不是我;这不是我的错。你记住,涅朵奇卡!"

"爸爸,我们走吧,"我战战兢兢地说,"是时候了!"

"是,现在是时候了,早就该走了!"他说着,紧紧拉住我的手,急匆匆地从房里往外走,"现在该上路了!谢天谢地,谢天谢地,现在一切都结束了!"

我们走下了楼梯；睡眼惺忪的看门人给我们打开大门，同时心存疑虑地看了看我们；这时候爸爸好像怕他问这问那，便抢先跑出大门，我几乎追不上他。我们沿着门前这条街，一直走到运河的堤上。石头路面上昨夜落了一场雪，现在还飘着零星的雪花。天气很冷，寒气袭人，我跟在爸爸身后跑着，死死抓住他的燕尾服的下摆。他胳膊下夹着小提琴，因此不时地停下来扶一扶腋下的琴盒。

我们走了大约一刻钟，最后他沿着人行便道的斜坡走到沟渠上，在尽头的一个石礅上坐下。离我们两步远就有一个冰窟窿。四周一个人也没有。天哪！当时我突然产生的那种可怕的感觉，现在想起来还记忆犹新！一年来我梦寐以求的理想终于实现了。我们离开了那个可怜的家……但这是不是我的期待和理想？当我为一个远非年幼痴情的人的幸福进行种种设想时，我那幼年时幻想中所勾勒的景象是这样的吗？此时此刻，使我感到最难受的莫过于妈妈了。我想："为什么我们把她一个人丢下不管？为什么把她的躯体像废物一样弃之不顾呢？"记得当时最使我感到揪心和痛苦的就是这些问题。

"爸爸！"我开口说，我实在按捺不住我内心的苦恼，"爸爸！"

"怎么啦？"他严厉地问道。

"爸爸，为什么我们把妈妈丢在那里？为什么我们要丢掉她？"我哭着问道，"爸爸！我们回家去吧！我们叫上人，回到妈妈那里。"

"对，对！"他突然叫道，精神为之一振，随即从石磴上站起身，好像有了什么新的主意，可以消除他的全部疑虑似的。他继续说："对，涅朵奇卡，不能就这样放下不管了；应该到妈妈那里去；她在那里会冷的！你去吧，涅朵奇卡，去吧；那里也不黑，有蜡烛；不要怕，你叫上个什么人去你妈妈那里，然后你再回来找我；你一个人去，我在这儿等你……反正我哪儿也不去。"

我立刻就动身了，但是刚迈上人行便道，突然我的心好像被什么东西刺了一下似的……我转过身去，看见他已经朝另一个方向跑了；他要甩开我，丢下我一个人，此时此刻，他扔下我不管了！我拼命地喊叫，失魂落魄地向他追去。我跑得上气不接下气：他却越跑越快……转眼间我已经看不见他了。我在路上看见他的帽子,这是他跑的时候掉下的;我把它捡起来,接着往下追。我跑得喘不过气来,两腿发软。我感到一种丑陋行为正发生在我的身边:我一直觉得这是一场梦;有时候我也产生过这样的感觉,跟做梦时的梦境一样,我跑呀,跑呀,生怕别人追上,但是我的两条腿直打晃,最后被人追上,我一下子倒下来,不省人事。痛苦使我五脏俱焚:我非常可怜他,一想到他那么奔跑,不穿外套,不戴帽子,只是为了甩掉我,甩掉自己心爱的孩子……我真是哀痛欲绝,心如刀割。我想追上他,只不过是为了再次热烈地吻他,告诉他,叫他不要怕我,请他放心,我不会跟着他的,既然他不愿意这样,我可以独自回到妈妈那里。我最后看见他拐进了一条街道。我跑到街口,也跟着他拐了进去,我还能看见他在我前面的身影……这时候我跑不动了;我开始哭着,叫喊着。记得我在奔跑时曾经撞到过两个行人,他们站在便道中央,非常惊讶地看着我们俩。

"爸爸,爸爸!"我最后一次大声喊道。这时我忽然在便道上滑了一跤,摔倒在一户人家的大门旁。我感到自己满脸都是血,很快我就失去了知觉……

醒来时,我发现自己躺在一张暖和柔软的床上,身边是一张张和蔼可亲的面孔。他们见我苏醒过来,非常高兴。我看见一位鼻梁上架着眼镜的老太太,一位非常同情地看着我的高个子先生,还有一位非常漂亮的年轻太太,最后是一位满头白发的老人,他一面把着我的手腕,一面看着表。我是为新的生活苏醒过来的。我奔跑时遇见的人当中有一位是 X 公爵,我跌倒的地方就是他家的大门口。经过一番调查了解,他们才知道我是什么人;原来派人给我父亲送 С-Ц 音乐会请柬的就是这位公爵,他觉得这件事非常蹊跷,令人惊讶,便决定把我收留下来,同自己家的孩子一起教养。他们四处打听爸爸的下落,得知他在城外疯病发作时被什么人收留了,后来被送进了医院,两天后便死了。

他死了,因为他这样死去实属必然,是他一生的自然归宿。他应该这样死去,因为支撑他生命的一切东西一下子全完了,像一个幻影,像毫无意义的空想,忽然间烟消云散了。他死了,因为他最后的希望已经破灭,因为他用以欺骗自己并支撑自己全部生命的东西瞬息间在他本人面前彻底瓦解了,真相已经大白。

其实，C-Ц以令人难以忍受的光芒照得他头晕目眩，假的就是假的，对他自己来说也是如此。他在生命的最后时刻听到了一位旷世逸才向他讲述了自己的命运，使他受到了永生永世的谴责。随着天才C-Ц的琴弦上发出的最后一个音符，艺术的全部奥秘在他面前昭然若揭，那位永远年轻的真正的盖世英才，以自己的真才实学把他完全压倒了。看来，他一生中在神秘莫测、难以捉摸的痛苦中折磨自己的东西，如今对他来说只不过是一种幻想，而且只是在梦境中，以虚无缥缈、不可捉摸的形式苦恼自己而已，虽说这些东西对他偶尔也有所显露，但他总是诚惶诚恐，逃脱回避，用自己一生的假象做掩护；所有他预感到了，但却不敢正视的东西——忽然之间，一齐在他面前大放异彩，终于使他睁开了他那双始终不承认光明就是光明、黑暗就是黑暗的眼睛。他的眼睛第一次看到了过去和现在的一切，看到了等待他的未来；但是，这种真相是他无法接受的，它搅乱和烧毁了他的理智。它像闪电一样无可避免地一举击中了他。他这辈子一直担惊受怕的事情忽然发生了。好像有一把利斧，这辈子一直悬在他的头上，他无时无刻不在难言的痛苦中等待着利斧落到他头上——现在它终于落下来了！这一击是致命的。他想逃脱对自己的审判，但是无处可逃：最后一个希望已经破灭，最后一个借口已不复存在。那个多年来成了他生活的累赘，让他不得安生的女人已经死了，他曾经盲目地相信，一旦那女人死去，他就该突然一下子获得新生，现在她已经死了。最后他独身一人，无牵无挂，终于自由了！他怀着极其绝望的心情，想最后做一次自我评判，像公正的法官那样铁面无私，但是他那松弛的琴弓只能笨拙地重复那位天才的最后一个乐句……此时此刻，对他伺机下手已达十年之久的癫狂病，终于不可避免地击倒了他。

四

我恢复得很慢；当我已经完全可以下床时，我的神智仍然处在某种麻木状态，因此很长时间我弄不清楚自己到底出了什么事。有时候我好像觉得我是在做梦，而且记得我很希望所发生的一切真的能变成一场梦！夜晚睡觉时，我希望能一觉醒来，我又突然回到了我们那间简陋的屋子，看到父亲和母亲……但是到头来，我的情况清清楚楚地摆在我的面前，我渐渐明白了我只是孤身一人，被他人收养了。这时我才头一次感到自己是个孤儿。

我开始急不可待地观察自己突然置身其间的新的周围环境。起初，我感到什么都很新鲜，什么都很陌生；新的面孔、新的习惯、老公爵府上的房屋，都使我感到非常困惑；那高大豪华的房间，至今仍历历在目，但它们又是那样昏沉幽暗、阴森可怖，记得我非常害怕穿过一个又深又长的大厅，觉得我一进去就再也走不出来了。我的病还没有完全好，因此我的情绪很低沉，内心也很烦恼，跟这幢房子庄严、肃穆的格调非常吻合。此外，一种我自己也说不清楚的忧伤在我幼小的心灵中正与日俱增。我常常迷惑不解地站在一幅画、一面镜子面前，站在制作精巧的壁炉或雕像面前，它们仿佛故意深藏在壁龛内，以便更仔细地观察我，吓唬我；我站在那里，然后自己一下子也忘记了我为什么要站在那里、想干什么、有什么打算；一直到我醒悟过来，往往才感到一阵恐慌，吓得心里怦怦直跳。

我卧病期间，除了那个小老头医生，偶尔来看望我的人中给我印象最深的，是一个年纪已经不轻的男人的面孔；他虽然样子很严肃，但是心地善良，他看着我时总是怀着深深的同情！比起别人，我更喜欢他那张脸。我很想跟他说话，但是我害怕，因为他看上去总是郁郁寡欢，很少说话，言辞生硬，他嘴边从未流露过一丝的笑容。他就是 X 公爵本人，是他发现了我并把我收留在自己家里。我的身体渐渐康复了，他来看我的次数也越来越少了。终于有一天，是最后一次,他给我带来些糖果、一本带画的小人书;他吻了我一下,给我画了个十字表示祝福,劝我要高兴一些。他安慰着我,还说很快我就会有一个朋友,一个跟我一样的小姑娘——他的女儿卡佳,她现在在莫斯科。后来,他跟他的孩子们的保姆,一个年纪不轻的法国女人和一直照看我的姑娘说了些什么,向她们指了指我,然后便出去了,从此整整三个星期我没有再看见他。公爵在自己家里生活得非常孤僻。家里房子一大半由公爵夫人占用,她有时也一连几个星期见不到公爵。后来我发现,甚至全家人都很少谈起公爵,好像他压根儿不在家似的。看得出,大家很尊敬他,甚至非常喜欢他,可同时又觉得他这个人有点儿奇特和古怪。大概他也知道自己非常古怪,同别人不一样,因此尽量少在人前露面……关于他,到时候我还有好多话要说,而且会详细得多。

一天早上,人们给我穿上干净轻薄的衬衣,外面是一件带有孝徽的黑色绸连衣裙,看着这身衣服,我感到有些怅然和困惑;他们给我梳过头,把我从楼上的房间领到楼下公爵夫人的房间里去。当人们带我到她那里时,我一下子就愣住了,因为我还没有见过哪里是这么豪华,这么富丽堂皇。不过这种印象只是短暂的一瞬间,当我听见公爵夫人吩咐让我走近些的声音时,我的脸色一下子变得煞白。我在穿衣服的时候就想过,要准备接受某种折磨,虽然天晓得我怎么会产生这样的念头。反正我踏入新生活时对身边的一切都抱一种莫名其妙的不信任态度。不过公爵夫人对我的态度非常和蔼,并且还吻了我。我大着胆子看了她一眼。她就是我失去知觉苏醒后所看见的那位漂亮的太太,但我在亲吻她的手的时候,全身都在发抖,而且怎么也鼓不起勇气回答她的问话。她让我坐在她身边的一条矮凳上。大概这个座位是事先给我安排好的。看来公爵夫人并没有别的意思,只是想跟我联络一下感情,真心诚意地对我表示友好,充分体现一个做母亲的爱心。可是我怎么也不明白这是我的一次机会,因此我在她的心目中一无所得。他们给我一本印制精美的画册让我翻阅。公爵夫人在给什么人写信,偶尔停下笔,跟我攀谈几句;可是我颠三倒四,前言不搭后语,一句中用的话也没有说。总之,虽说我的经历非同寻常,其中大部分是命运,甚至还有种种神秘的因素在起作用,反正这里有不少有趣的、不可思议的，甚至某种荒诞不经的东西，但是我自己好像故意跟这整个富有戏剧性的热闹场面作对似的，表现得非常一般，毫无非凡之处，不过是个胆小怕事、没见过世面甚至有些笨头笨脑的孩子而已。特别是最后这一点，公爵夫人非常不喜欢，因此她好像很快就对我感到厌烦了，这当然只能怨我自己。下午两点钟以后，开始有客人来访，于是公爵夫人对我的态度忽然又亲切热情起来。当客人们问起我的事情时，她回答说这可是个非常有趣的故事，然后就开始用法语讲起来。在她讲述的过程中，人们总是看着我，连连摇头，不胜感慨。一个年轻男人举起长柄眼镜仔细地看着我，一个洒了香水的白发小老头还想要吻我，而我脸上却红一阵儿、白一阵儿。我坐在那里，耷拉着脑袋，双眸下垂，动也不敢动一下，浑身直打哆嗦。我心里难受极了。我的思绪回到了过去的日子，回到我们家的阁楼上；我想起了我的父亲，想起了我们度过的漫长的、默默无语的夜晚，想起了妈妈；我一想到妈妈，眼睛里便充满了泪水，喉咙里憋得难受，我真想逃出去，找个没有人的地方，一个人独自待着……后来，客人们走了，公爵夫人的脸色明显地沉了下来。她看我的时候显得更加忧郁,说话也冷言冷语的;我特别害怕她那双能洞察一切的黑眼睛,她有时能盯住我看上一刻钟;还有她那双紧闭的薄嘴唇,同样也令人不寒而栗。晚上,我被领到楼上。我是发着烧睡着的,夜里醒来,又被刚才的种种噩梦所烦恼,不禁失声痛哭;而第二天早上,还是昨天那一套,我又被领到公爵夫人那里去。最后,她自己好像对向客人们讲述我的离奇遭遇已感到厌烦,而客人们对向我表示同情也失去了兴趣。何况我又是个极普通的孩子,"没有一点儿天真烂漫的样子"——我记得这话是公爵夫人当面回答一位年纪不轻的太太的问话时说的,当时那位太太问道:"她跟我在一起难道不觉得无聊吗?"于是,一天晚上,我被带走后,她说以后不再带我来了。对我的宠爱到此便结束了;不过只要我愿意,我可以随处走动。由于心里极其苦闷,我不能老坐在一个地方,所以最后把我从大家身边领开,到楼下大房间里走走,我是非常高兴的。记得我非常想跟家里的人谈谈,但是我怕惹他们生气,所以宁可一个人待着。我喜欢的消磨时间的方式,就是躲在一个尽量不惹人注意的角落,藏在什么家具的背后,接着就开始在那里回想和思考我所经历的种种事情。不过事情也怪了！我好像把我在父母身边所发生的事情的结尾给忘了，把整个这段可怕的经历给忘了。我眼前闪过的只是一幅幅的画面，一件件事实。诚然，所有的事情我都记得——那天夜里、小提琴、爸爸，我都记得，我还记得怎么给他弄钱的事。然而，要从这些事情中悟出道理，理出头绪，我却做不到……我只感到心头非常沉重，当我回想起我在妈妈尸体旁默默祈祷的那个时刻，忽然我的全身上下透过一股凉气；我浑身颤抖，不由小声地叫了起来，然后我的呼吸变得非常困难，整个胸口都非常闷，心都快要跳出来了，于是吓得我急忙从角落里跑了出来。其实，我说他们把我一个人丢下不管，这句话是不对的，因为他们对我的照料是无微不至、尽心尽力的，他们一丝不苟地在执行公爵的吩咐，他要求给我充分的自由，不许有任何限制，但一分钟也不能让我离开他们的视线。我发现不时有家人和仆役向我所在的屋子里张望，然后一句话不说又走开了。我对这种关心感到非常惊讶，甚至有些惴惴不安。我不理解他们这样做是为了什么。我总觉得他们这样照料我是有什么用意，是想以后拿我做什么文章。记得我当时总想方设法尽量躲得离他们远一点儿，一旦需要，好有个地方藏起来。有一次，我爬到了前门正堂的楼梯上。整个楼梯由大理石砌成，宽阔气派，铺着地毯，摆放着鲜花和漂亮的花瓶。在楼梯的每一个平台上都默默坐着两个身材高大的人，他们穿得异常鲜艳华丽，都戴着手套，领带洁白无渍。我看着他们，心里直纳闷，怎么也弄不懂他们为什么要坐在这里，而且一句话不说，只是相互看着，什么也不干。

我越来越喜欢这种独来独往的漫游了。此外，我常往楼下跑还有一个原因。公爵的老姑母住在楼上，她不管远近，几乎从来足不出户。在我的记忆中，这位老太太给我留下的印象很深。她几乎是全家最重要的人物。大家与她交往时都严守礼仪，连一向孤傲专横的公爵夫人本人也得按规定的日子每周两次亲自上楼请安。公爵夫人一般上午来；她们的谈话枯燥乏味，其间还常常出现冷场，这时老太太不是默默地祷告，便是数着念珠。请安是否结束，要看老太太本人的意思，一般要等到老太太先从座位上站起来，吻过公爵夫人的嘴唇，从而表示会面到此为止，请安才能算结束。以前公爵夫人必须每天向这位长辈请安，后来根据老太太的意思,请安的次数才有所减免,公爵夫人在每周的其他五天只用每天早晨派人去问声安就行了。总之,老郡主过的几乎是修女一样的生活。她是个姑娘,三十五岁过后,就进了修道院,在修道院住了十七年,但是没有剃度;后来她离开修道院,回到莫斯科,和身体每况愈下的姐姐、Ц伯爵的遗孀共同生活,同时也为了跟另一个吵翻二十多年的姐姐,也是位郡主的 X 言归于好。但据说三位老太太一天也没有和睦相处过,她们千百次地要分道扬镳,各自生活,却又无法做到,因为她们最终发现,为了排遣晚年寂寞和预防老人痼疾突发,她们每一个人都离不开另外的两个。然而,尽管她们的生活过得单调乏味,尽管她们莫斯科的宅院里是一片呆板无聊的氛围,全城的人仍然认为,不时地去看望一下三位深居简出的老太太是一件义不容辞的事。大家把她们看作体现一切贵族遗训和传统的见证,当作正宗名门望族的活的历史。伯爵夫人是一位杰出的女性,她留下了许多美好的回忆。从彼得堡来的人总是要先去拜访她们。谁若在她们府上能被接见,那他无论到哪里都会受到欢迎。但是伯爵夫人一死,姐妹俩也就各奔东西了:姐姐 X 郡主留在莫斯科，继承了无后的伯爵夫人留给她的那部分遗产，而当修女的妹妹则搬到彼得堡她侄子 X 公爵家里住了。不过公爵的两个孩子——卡佳和亚历山大，则留在莫斯科的姑婆身边，给她做伴，也是她孤寂生活中的一个安慰。公爵夫人虽然很爱自己的孩子，但在整个举丧期间始终和他们不在一起，对此她不敢有任何怨言。我忘记说了，我刚到公爵府上时，他们全家正在举丧志哀，不过已经接近了尾声。

老郡主总是穿一件普通绸料的黑色连衣裙，搭配浆洗过的有许多细褶的白衬领，看上去很像养老院的老太婆。她手不离念珠，乘车出去做祷告也非常庄重，每天吃斋，接待的也都是各种神职人员和有身份的人，她读的书不外是圣经教义，总之，与出家人的生活并无二致。楼上寂静得瘆人，决不能使门发出响声，因为老太太机灵得很，跟十五岁的小姑娘一样，一听见有什么响动甚至随便嘎吱一声，便立即要派人查问原因。大家说话都悄声细语，走路蹑手蹑脚，可怜那个也是老太婆的法国女人，最后不得不放弃她心爱的高跟鞋。鞋跟是不能要了。我来了两个星期后，老郡主差人来查问我的情况，问我是什么人，怎么来到这里的,等等。人们当即一五一十地回答了她的问话。这时又有第二名听差来询问法国女人:为什么郡主至今还没有见过涅朵奇卡?这一下大家可就忙了起来:人们开始给我梳头、洗脸、洗手——其实我本来就很干净——教我怎么上前鞠躬行礼,怎么显得高兴些,有礼貌一些,怎么说话。总之,弄得我心里烦透了。之后,我们这边又派出一名女听差前去请示:老郡主现在是否愿意见见孤女?回答是否定的,但是指定次日做完祷告后可以见见。我一夜都没睡好觉,后来有人说,我说了一夜的梦话,说我老要去见老郡主,求她宽恕什么事情。终于该我出场了。我看见一个坐在宽大安乐椅上的瘦小老太婆。她冲我点点头,并且戴上眼镜,想更仔细地看看我。我记得她一点儿都不喜欢我。她当时就指出,说我完全没有教养,既不会行屈膝礼,也不懂吻手的规矩。询问开始后,我只是勉强作答,但当问起我父母时我忍不住哭了。老太太见我如此容易激动,很不高兴;不过,她开始安慰我,让我把自己的希望寄托在上帝身上;后来她问我最近一次上教堂是什么时候,鉴于我这方面很缺乏教育,因此我差不多没有听懂她问话的意思,这使老郡主大为吃惊。公爵夫人被请来了。她们商量后,决定本周日就带我上教堂。在这以前,老郡主答应要为我做祷告,但她一定要我出去,因为她说我给她的印象很不好。事情本应如此,没有什么可大惊小怪的。但有一点是很显然的:我非常不讨人喜欢。就在同一天,有人来通报说我这个人太顽皮了,说整个宅第都听见了我的吵闹声;其实一整天我坐在那儿动也没有动过,显然是老太太听错了。可是第二天又传来了同样的批评。说来也巧,偏偏那时一只杯子从我手中掉在地上摔碎了。法国女人和女仆们都感到大失所望,无奈中当即让我搬到最偏远的一个房间里住,大家诚惶诚恐地一直跟在我身后。

不过这事后来是怎么了结的,我就不得而知了。这就是我喜欢独自到楼下大房间里漫步的缘故,我知道在那里我谁也不会打扰。

记得有一次我在楼下一个大厅里坐着,我两手捂着脸,低着头,就这样不知道坐了多长时间。我左思右想;我幼稚的头脑怎么也排遣不了我内心的全部苦恼,我觉得心里越来越沉重,越来越烦闷。这时突然有人在我头顶上轻声地问道:

"你怎么啦,我可怜的小姑娘?"

我抬起头,看见是公爵;他脸上流露出深切的同情和怜悯;但是我望着他的时候,样子显得非常沮丧,一副可怜相,以致他那双浅蓝的大眼睛里也闪现了泪花。

"可怜的孤儿!"他抚摸着我的头说。

"不,不,不是孤儿!不是!"我说。这是从我的内心深处发出的呻吟,于是,我心中的一切都翻动起来,真是百感交集。我从座位上站起来,抓住他一只手,吻个不停,声泪俱下地反复恳求道:

"不,不,不是孤儿!不是!"

"我的孩子,你怎么啦,我亲爱的、可怜的涅朵奇卡?你这是怎么啦?"

"我妈妈在哪儿?我妈妈在哪儿?"我喊着,放声大哭。我再也无法掩盖自己内心的凄苦,瘫软地跪倒在他的面前:"我妈妈在哪儿?亲爱的,告诉我,我妈妈在哪儿?"

"请原谅,我的孩子!……唉,我可怜的孩子,是我让你伤心了……我真不该乱说!来,涅朵奇卡,跟我来,跟我来吧。"

他拉住我的一只手,迅速向前走去。他的心被深深地震动了。最后,我们来到一间我不曾见过的屋子。

这是一间供奉着圣像的祷告室。此时已经是黄昏时分了。长明灯光芒四射,明亮地照耀在圣像的金衣和宝石上,交相辉映。闪闪发光的金质衣饰下凸显出圣徒们暗淡无光的面孔。这里的一切和别的房间大不相同,它神秘、阴森,使我感到惊讶,内心也产生某种恐惧。更何况我的精神又是那样脆弱!公爵急匆匆地让我在圣母像前跪下,他自己则跪在我身边……

"祈祷吧,孩子,祈祷吧;我们俩一块儿祈祷!"他低声、快速地说。

然而,我无法祈祷;我感到震惊,甚至是害怕;我想起了最后那天夜里父亲在我母亲尸体旁说的话,于是我的精神病又发作了。我躺到了病床上,而且在我病情的这次继发期间我险些送了命。下面就是事情的经过。

一天早上,我听到一个耳熟的名字,是 C-Ц 的名字。是家里的什么人在我床边提到了他。我不由为之一震,往事如潮,涌上心头,我回忆着,幻想着,痛定思痛,心如刀割,完全陷入谵妄状态,也记不清躺了多长时间。我醒过来时已经很晚了；周围一片漆黑，夜间的小灯已经熄灭，守在我房间里的女仆也不见了。突然，我听见远处传来的音乐声。音乐时隐时现，时而清晰可闻，像是越来越近了。我不记得当时自己出于一种什么感情，也不知我病态的脑海里忽然冒出了什么念头，我从床上下来，也不知道哪来的力量，很快就穿好了孝服，扶着东西走出了房门。在第二间和第三间屋子里，我一个人都没有遇到。最后我来到了过道，乐声听得越来越清楚。过道的中段通往下面的楼梯，以前我总是从这里到大房间里去。楼梯上灯光明亮，楼下有人在走动；我躲在一个角落，以免被人看见，直到有了机会，我才顺着楼梯下去，到了第二个过道。乐声是从隔壁大厅里传过来的；那里人声嘈杂，热闹非凡，好像聚集有成百上千人似的。大厅有一扇门直通过道，门上挂着红丝绒双层大帷幔。我掀起外面的一层，置身于两层帷幔之间。我的心怦怦直跳，脚下几乎要站不稳了。但是过了一会儿，我的心平静了下来；我终于大着胆子把第二层帷幔从边上悄悄掀开一点儿……我的天哪！我一直不敢进去的这间阴森可怖的大厅如今竟是满堂烛光，大放光明。仿佛是光的海洋向我直涌过来,我的一双已经习惯于黑暗的眼睛最初瞬间被刺得疼痛难忍,什么东西也看不见。香气像一阵热风迎面扑来;有数不清的人在来回走动,他们个个笑容可掬、喜气洋洋。妇女们都穿着华贵鲜艳的连衣裙,我眼前到处都是神采飞扬的目光。我像着了魔似的站在那里。我仿佛觉得这一切我以前在别的什么地方、在梦里……都曾经见过。我想起了昔日的黄昏,想起了我们家的阁楼,高高的窗户,楼下远处路灯照亮的大街,想起了对面那幢房子挂着红帷幔的窗户,门前停放的一辆辆马车,还有那趾高气扬的高头大马和它们的蹄声、响鼻,以及人们的喊叫声、吵闹声,窗户上的阴影和远处传来的隐隐约约的乐声……对了,这不正是我要找的那个天堂所在吗!——我脑海里闪了一下——这不正是我和可怜的父亲要去的地方吗……原来这并不是幻想呀!……没错,过去我在幻想中、在梦中所见到的就是这个样子!因病发烧时的想入非非在我的头脑中被点燃了起来,一种莫名其妙的兴奋的泪水夺眶而出。我四下打量,寻找父亲。"他应该在这里,他一定在这里……"我想。由于期待心切,我的心怦怦直跳……气都快透不过来了。但这时音乐停了,只听见嗡嗡一片,整整大厅里的人们都在窃窃私语。我急切地注视着我眼前闪过的一张张面孔,尽量想从中认出个什么人来。忽然,大厅里出现某种非同寻常的骚动。我看见台上有一个瘦高的老头,他脸色苍白,面带微笑,笨拙地躬身施礼,向前后左右各方致意;他手中拿着一把小提琴。这时候大厅里一片肃静,好像这里所有的人都屏住了呼吸似的。一张张面孔都注视着老人,大家在期待着。他举起琴,把琴弓放在弦上。乐声起处,我感到好像有个什么东西突然堵在我的心口。我悲不自胜,屏住呼吸,仔细听着这声音:只觉着有些耳熟,仿佛在什么地方听过似的;这声音里包含着某种预感,某种可怕的、骇人听闻的事情的前兆,以前我心里就曾经有过。最后,琴声变得越来越激昂,越来越快,愈加沁人肺腑。听上去那仿佛是什么人的绝望的哀鸣,如怨如诉;仿佛是谁在人群中徒然地哀告,悲悲切切,于绝望中忍气吞声。这一切我越来越感到似曾相识,但是我的心拒绝相信。我咬紧牙关,默默忍着剧痛,我紧紧抓住帷幔,以免跌倒……有时候我闭上眼睛,然后突然睁开,希望这是一场梦,并希望我能在自己熟悉的那个可怕时刻醒来,发现自己梦见了那最后一个夜晚,听到了同样的声音。我睁开眼睛,很想证实一下自己的想法;我急忙向人群中望去——不,他们是另外一些人,另外一张张面孔……我觉得大家和我一样在期待着什么,和我一样在忍受着痛苦的折磨;看来他们都很想冲着这可怕的哀鸣和呻吟大叫一声,让它们沉寂下来,不要再折磨他们的心灵;但是这些哀鸣的呻吟愈演愈烈,悲悲切切,断肠销魂,而且经久不息。突然,传来了最后的一声呼叫,可怕而持久,它使我心惊肉跳、丧魂落魄……没错!这正是那一声呼叫!我听出来了,我曾经听到过,是它,跟当时一模一样,跟那天夜里的一样,穿透了我的心。我脑子里像闪电一样掠过一个念头:"父亲!是父亲!他在这里,那就是他,他在叫我,是他的琴声!"这时候,人群中好像传来了一声叹息,接着,震耳欲聋的掌声响彻大厅。绝望的、椎心泣血的哭声冲出了我的胸膛。我再也忍不住了。我掀起帷幔,直奔大厅。

"爸爸,爸爸!一定是你!你在哪里?"我大声喊道,几乎忘掉了一切。

不知道我是怎样跑到那高个老头跟前的:人们让

我过去,纷纷给我让路。我哭着喊着向他跑去,我以为我可以拥抱父亲了……忽然,我看见什么人的一双瘦骨嶙峋的大手抓住我,把我举了起来。一个人的两只黑眼睛紧盯着我,好像要用射出的火焰把我烧毁似的。我看着那老头:"不,他不是我父亲;他是杀害我父亲的凶手!"——我脑子里闪过这个念头。我怒不可遏;突然,我好像听到他冲我哈哈大笑的声音,这笑声在大厅里引起一片哄然喧闹;我失去了知觉。

五

这是我的病程的第二个,也是最后一个阶段。

我再次睁开眼睛时,看见一个跟我差不多年纪的女孩正在俯身看着我,我的第一个动作就是向她伸出手去。从第一眼看见她起,我的内心充满了一种幸福感,有一种甜丝丝的预感。请想象一下,您面前是一个花容月貌、娇小玲珑的女孩,她光彩照人;在这样的绝世佳人面前,您会像是突然被什么刺中,立刻驻足不前,您会感到乐而忘忧、自愧不如,您会心惊肉跳、欣喜若狂,您会深深感谢她的存在,感谢她从您身边走过,使您有幸目睹她的风采。她就是公爵的女儿卡佳,她刚刚从莫斯科回来。她见我伸出手来,便露出了微笑;我那脆弱的内心由于喜出望外,感到一阵酸楚,很不是滋味。

小郡主把在一旁跟医生说话的父亲叫了过来。

"好了,托上帝的福,谢天谢地!"公爵拉住我的一只手说,他脸上的表情真诚自然,毫无做作之态。"我真高兴,真是高兴,非常高兴,"他一如既往,说话仍然很快,"喏,这就是卡佳,我的孩子:你们认识一下——现在你有朋友了。赶快好起来吧,涅朵奇卡。这鬼丫头,可把我吓得不轻!……"

我的身体恢复得很快。几天后,我已经能够走动了。每天早上,卡佳来到我的床前,总是喜气洋洋,有说有笑。我盼望她来就好像是在盼望幸福,我真想亲亲她啊!但这个调皮的小姑娘来后只待几分钟,她不会老老实实坐着。她一定要不停地活动,跑呀、跳呀、闹呀,没完没了,吵得全宅第都听得见。因此从头一次见面起她就对我说,她待在我这里一直觉得闷得慌,她不能老来看我,而且她是看我可怜才来的——没有办法,不能不来;不过等我身体好起来后,我们的情况会好一些的。她每天早上来的第一句话就是:

"怎么样,好了吗?"

因为我仍然很瘦,面色苍白,我忧愁的脸上露出的笑容也很不开朗,畏首畏尾的,这时小郡主立刻眉头一皱,连连摇头,急得直跺脚。

"我昨天不是对你说过,叫你快点好嘛!怎么了?是不是他们没有给你吃东西呀?"

"是的,很少。"我怯生生地回答说,因为在她面前我已经感到有些心虚了。我尽量想讨她的喜欢,所以我对自己的每句话、每个动作都非常小心,生怕出了差错。她每次到来总使我感到越来越兴奋。我的眼睛从不离开她,她走后我还常常像着了魔似的看着她刚才站的那个地方。她开始在我的梦中出现。而我醒着,她不在的时候,我想好了许多话要跟她畅谈,要成为她的朋友,和她一起玩耍淘气;要是因为什么事情受了责备,就和她一块儿痛哭流涕——总之,我像恋人那样心里老是想着她。我非常渴望恢复健康,也想尽快地胖起来,就像她说的那样。

有时候,卡佳早上跑到我这里,开口就嚷嚷:"还没有好呀?还是这么瘦!"——这时候,我像犯了什么错似的,感到非常害怕。但是我无法一个昼夜间就恢复健康;对于这一点,卡佳所表现出的惊讶,却是无与伦比的认真;因此最后她真的生气了。

"那好,你愿意的话,我今天就给你带个大蛋糕,好不好?"有一次她对我说,"吃了蛋糕,你很快就会胖起来的。"

"带来吧。"我高兴地回答说,这样我就能够再次见到她了。

问过我的健康情况后,小郡主通常就坐在我对面的椅子上,开始用她那双乌黑明亮的眼睛仔细地打量我。最初,我们刚认识的时候,她不时地对我从头到脚仔细察看,表现得极其天真好奇。但是,我们谈不起来。在卡佳面前我总是有些胆怯,她的大胆举动也使我感到非常拘谨,其实我特想跟她说话。

"你怎么老不说话呀?"沉默一会儿后卡佳开始问。

"爸爸在做什么?"我问道,每次我都为能找到一句开场白感到很高兴。

"没做什么。他很好。今天我喝了两杯茶,不是一杯。你喝了多少?"

"一杯。"

又是沉默。

"今天法尔斯塔夫总想咬我。"

"它是一条狗吗?"

"是的,是一条狗。难道你没看见过?"

"不,看见过。"

"那你为什么还要问?"

由于我不知道如何回答,小郡主又奇怪地看着我。

"怎么样?我跟你说话你高兴吗?"

"是的,非常高兴;希望你经常来。"

"别人也这样对我说,说我到你这儿来你感到很高兴,那你就快点儿下床吧;我今天不是要给你带蛋糕来嘛……你为什么老不说话呀?"

"没什么。"

"你老在想事情,是不是?"

"是的,我想得很多。"

"别人跟我说,说我说得多,想得少。难道说话不好吗?"

"不,我很高兴听你说话。"

"嗯,我会问列奥塔尔太太的,她什么都知道。那你都想些什么呢?"

"我在想你。"我停了一下回答说。

"你觉得这样高兴吗?"

"是的。"

"这么说,你是喜欢我了?"

"是的。"

"可是我还不喜欢你。你那么瘦!我这就去给你拿蛋糕。好,回头见!"

转眼的工夫,小郡主就离开了屋子,她吻我时身子几乎飞了起来。

不过午后蛋糕果然送来了。她发疯似的跑进来,哈哈大笑,高兴得跟什么似的,毕竟给我带来了别人不许我吃的东西。

"你要多吃点儿,好好吃吧,这是我的蛋糕,我自己没有吃。好了,回头见!"转眼间她已经踪影全无。

还有一次,她突然跑到我这里,同样不是在约定的时间,而是在午饭后;她的黑色头发乱蓬蓬的,仿佛遇上了龙卷风;她两腮绯红,眼睛发亮;这就是说,她东跑西跑、蹦蹦跳跳已经有一两个小时了。

"你会打羽毛球吗?"她气喘吁吁地喊道。她的话说得很快,正急着要到什么地方去。

"不会。"我回答说。我为我不能说"会!"而感到非常懊恼。

"你呀!好,等你病好了,我来教你。我就是为这事来的。现在我要去跟列奥塔尔太太玩。再见,他们等着我呢。"

我终于能够完全下床了,尽管我的身体还很虚弱,没有力气。我首先想到的就是再也不要跟卡佳分开了。她对我有一种无法抗拒的吸引力。我对她简直是百看不厌,这使她感到非常惊讶。我对她的眷恋如此强烈,在自己新的感情方面前进的步子又是那么热情奔放,对此,她不可能没有觉察;起初,她只是觉得这是一件从未听说过的怪事。记得有一次在玩什么游戏,我忍不住跑过去搂住她的脖子亲吻起来。她从我的怀抱里挣脱出来,抓住我的双手,皱着眉头,好像我欺侮了她似的质问我:

"你这是干什么?为什么要吻我?"

我像做错了事似的,弄得很狼狈;她连珠炮似的问话使我全身为之一震;我无言以对;小郡主把双肩一耸(这是她的一个习惯动作),表示大惑不解,她非常认真地把两片厚嘴唇一闭,停止了游戏,坐在拐角的沙发上,仔细对我观察了很长时间,同时默默地在考虑着什么,仿佛想解答自己头脑里突然冒出的一个新的问题。这也是她在遇到各种困难时的一种习惯。从我这方面来说,对于她这种惊惊咋咋、说变就变的性格，我很长时间都习惯不了。

起初我责怪自己，心想我确实有许多古怪的地方。不过，说归这么说，我还是迷惑不解，非常苦恼：为什么我就不能一下子跟卡佳成为好朋友，永远得到她的喜爱。我的失败使我觉得自己受了奇耻大辱，所以每当卡佳对我大呼小叫，投以不信任的目光时，我总想大哭一场。况且我的苦恼不是与日俱增，而是每时每刻都在增加，因为跟卡佳的任何事情发展得都非常快。几天后我就发现她已经完全不喜欢我了，甚至开始对我表示厌恶。这位小姑娘身上所发生的一切是那么快速、直截了当，若不是她那天真坦诚的直性子所表现出的疾如闪电的行为彰显了真正的高尚气质，也许有人会认为她这是一种粗暴无礼呢。事情最初好像是由于我什么也不会玩引起的，她开始对我产生怀疑，后来甚至是瞧不起我。小郡主喜欢活动，爱跑爱跳，她强健活泼，动作麻利；我则完全相反。我病后尚未恢复元气，体质还弱；喜欢静，爱思考；对玩不感兴趣；总之，我完全缺乏为卡佳所喜欢的能力。况且，我这个人一旦发现别人对我有所不满，就特别受不了：马上会变得很不高兴，情绪低落，哪里还有余力去弥补自己的错误，扭转对我不利的印象呢——总之，没有任何希望。这一点卡佳怎么也理解不了。最初她甚至有些怕我，老是用惊讶的目光瞧着我；后来有时候她能在我身上花上整整一个小时，教我怎样打羽毛球，但是毫无效果。这时候我马上变得情绪非常低落，眼泪都快流出来了；她对我思之再三，但无论是从我身上，还是从她的思考中都想不出个所以然来，最后只好完全丢开我不管，开始一个人单独去玩，再也不来邀请我同往，甚至一连几天跟我没有一句话。这使我大为惊讶，我简直受不了她这种轻蔑。新的孤独感对我来说几乎比以前更加强烈了，我又开始变得愁眉苦脸、忧心忡忡，严重悲观的情绪又压在了我的心头。

列奥塔尔太太负责照料我们，是她发现了我们关系中的这一变化。由于她总是首先看到我，我无奈的孤独处境使她大为惊讶，于是她直接去找小郡主，抱怨她没有跟我一起好好玩。小郡主眉头一皱，耸了耸肩，说她跟我没法子玩，说我什么都不会玩，只会想心事，说最好等她弟弟萨沙从莫斯科回来，那时他们俩在一起会快乐得多。

但列奥塔尔太太对这样的回答很不满意，她向小郡主指出，说我还有病，她竟然就把我一个人丢下不管了；说我不能像卡佳那样欢蹦乱跳，其实这样更好，因为卡佳太淘气了；说她一会儿干这，一会儿干那，两天前差一点儿没被一条叭喇狗咬死——总之，列奥塔尔太太把她骂了个狗血喷头。最后她让小郡主来找我，命她立即和我言归于好。

卡佳非常认真地听着列奥塔尔太太的数落，好像她真的从列奥塔尔太太的道理中领悟到了什么新意和正确的东西。她扔下在大厅里滚着玩的铁环，走到我跟前，认认真真地看着我，惊讶地问道：

"你难道想玩吗？"

"不。"我回答说。列奥塔尔太太数落卡佳时我为自己担惊受怕，也为卡佳提心吊胆。

"那么你想干什么呢？"

"我想坐一会儿；我跑起来很吃力；不过请不要生我的气，卡佳，因为我非常爱你。"

"好，那我就一个人去玩了，"卡佳平心静气、一字一顿地回答说，似乎奇怪地发现，这件事并不怪她，"回头见，我不会生你的气的。"

"再见。"我答道，欠身把一只手伸给她。

"你不想让我吻一下吗?"她想了一下问道,想必记起了我们不久前发生的那一幕,她想尽可能使我高兴一些,以便尽快地跟我言归于好。

"只要你愿意。"我怀着一线希望回答说。

她走到我跟前,郑重其事地吻了我,连笑也没笑一下。这样,她完成了列奥塔尔太太要求她做的一切,甚至有过之无不及;目的只是奉命让一个可怜的小女孩感到心满意足而已;她从我这里跑开时得意扬扬,欢天喜地,因此各个屋子里很快又传出了她的笑声和喊叫声,直到她累得精疲力竭,上气不接下气地倒在沙发上休息,重新养精蓄锐为止。整个晚上她都在用怀疑的目光打量我:大概我在她眼里显得非常奇异,怪里怪气的。显然她想跟我说点儿什么,想消除关于我的某些误解;但不知为什么,这次她没有往下说。平常卡佳早上开始上课,列奥塔尔太太教她法语,课程的全部内容就是复习语法和朗读拉封丹[1]的作品。让卡佳学习的东西并不太多,因为她勉强答应每天坐下来只学两个小时。这个协议是应父亲之情、母

---

[1] 法国诗人和寓言家。

亲之命最后达成的,卡佳履行起来倒很认真努力,因为是她自己许下的诺言。她聪明过人,理解力极强。但这里也有她自己小小的怪脾气:如果有什么她不理解的东西,她立即开始自己思考,决不肯去请别人做解释——她好像羞于这样做。据说,有时候一连几天她对一个什么问题绞尽脑汁,百思不得其解;她会因为没有别人帮助自己就解决不了而大为生气;只有到了山穷水尽、一筹莫展的时候,她才会去找列奥塔尔太太,请她帮助解决这个自己解决不了的问题。她的每一个举动都是如此。其实她很会思考,也想得很多,虽然乍看上去完全不像,同时她又天真得与她的年纪极不相称:有时候她会提出些非常荒唐的问题,可有时她的回答又包含着周密的思考和机智灵活的远见卓识。

由于最后我也可以参加学点儿什么,列奥塔尔太太便对我进行了一番考试;她发现我的阅读能力不错,书写能力较差,因此认为当务之急是赶快教我学习法语。

我没有异议,于是一天早上,我和卡佳共同坐到了课桌旁。说来也巧,卡佳这次偏偏表现得特别差劲,

"你不想让我吻一下吗?"她想了一下问道,想必记起了我们不久前发生的那一幕,她想尽可能使我高兴一些,以便尽快地跟我言归于好。

"只要你愿意。"我怀着一线希望回答说。

她走到我跟前,郑重其事地吻了我,连笑也没笑一下。这样,她完成了列奥塔尔太太要求她做的一切,甚至有过之无不及;目的只是奉命让一个可怜的小女孩感到心满意足而已;她从我这里跑开时得意扬扬,欢天喜地,因此各个屋子里很快又传出了她的笑声和喊叫声,直到她累得精疲力竭,上气不接下气地倒在沙发上休息,重新养精蓄锐为止。整个晚上她都在用怀疑的目光打量我:大概我在她眼里显得非常奇异,怪里怪气的。显然她想跟我说点儿什么,想消除关于我的某些误解;但不知为什么,这次她没有往下说。平常卡佳早上开始上课,列奥塔尔太太教她法语,课程的全部内容就是复习语法和朗读拉封丹[1]的作品。让卡佳学习的东西并不太多,因为她勉强答应每天坐下来只学两个小时。这个协议是应父亲之情、母

---

1 法国诗人和寓言家。

亲之命最后达成的,卡佳履行起来倒很认真努力,因为是她自己许下的诺言。她聪明过人,理解力极强。但这里也有她自己小小的怪脾气:如果有什么她不理解的东西,她立即开始自己思考,决不肯去请别人做解释——她好像羞于这样做。据说,有时候一连几天她对一个什么问题绞尽脑汁,百思不得其解;她会因为没有别人帮助自己就解决不了而大为生气;只有到了山穷水尽、一筹莫展的时候,她才会去找列奥塔尔太太,请她帮助解决这个自己解决不了的问题。她的每一个举动都是如此。其实她很会思考,也想得很多,虽然乍看上去完全不像,同时她又天真得与她的年纪极不相称:有时候她会提出些非常荒唐的问题,可有时她的回答又包含着周密的思考和机智灵活的远见卓识。

由于最后我也可以参加学点儿什么,列奥塔尔太太便对我进行了一番考试;她发现我的阅读能力不错,书写能力较差,因此认为当务之急是赶快教我学习法语。

我没有异议,于是一天早上,我和卡佳共同坐到了课桌旁。说来也巧,卡佳这次偏偏表现得特别差劲,而且非常心不在焉,列奥塔尔太太简直认不出她来了。而我呢,几乎就一堂课的工夫,便把全部的法文字母都学会了,我是想用我的勤奋好学来博得列奥塔尔太太的喜欢。快下课的时候,列奥塔尔太太对卡佳真的生气了。

"你看看她,"列奥塔尔太太指着我说,"一个有病的孩子,头一次上课,学习成绩要比你强上十倍。你不觉得害羞吗?"

"她比我学得多?"卡佳惊讶地问道,"她才刚开始学习字母!"

"你字母学了多长时间?"

"三堂课。"

"可她只用了一堂课的时间。因此,她的理解能力比你要快两倍,很快她便会超过你的。不是吗?"

卡佳想了一下,觉得列奥塔尔太太的批评言之有理,一下子变得满脸通红,像一团火。面红耳赤、羞愧难当——这是卡佳几乎每当受挫、懊恼或是捣乱被揭穿时,一句话,几乎在所有这些情况下的第一反应。这一次,她眼泪都快要流出来了,但是她没有吭声,只是朝我看了看,那目光好像要把我烧了似的。我当时就猜到是怎么回事了。小姑娘非常骄傲,自尊心极强。我们从列奥塔尔太太那里出来时,为了尽快消除她的烦恼,表明法语老师的那番话完全不能怪我,于是我主动跟她说话,但是卡佳一声不响,好像没有听见似的。

一小时后,她来到我屋子里,当时我正坐着看书,心里一直在想着卡佳的事,害怕她再次不愿意跟我说话。她皱着眉头看了我一眼,像往常一样在沙发上坐了下来,眼睛盯住我足有半个小时。最后我忍不住了,带着疑问的目光看了她一眼。

"你会跳舞吗?"卡佳问道。

"不,不会。"

"可是我会。"

一片沉默。

"那么你会弹钢琴吗?"

"也不会。"

"可是我会。这要学会是很难的。"

我没有吭声。

"列奥塔尔太太说你比我聪明。"

"列奥塔尔太太是生你的气。"我回答说。

"那难道爸爸也会生气吗?"

"不知道。"我回答说。

又是一片沉默,小郡主用小巧的脚尖焦急不安地踢着地板。

"由于你的理解力比我强,以后你会笑话我吗?"她终于按捺不住自己的烦恼,问道。

"哎呀,不,不!"我大声叫着,一下子从座位上站起来,跑过去拥抱她。

"郡主,你这样想和这样问难道就不觉得难为情吗?"这时突然传来了列奥塔尔太太的声音,她观察我们已经有五分钟了,我们的谈话她都听见了,"真不害臊!你竟会嫉妒一个可怜的孩子,在她面前炫耀你会跳舞,会弹钢琴。真不知羞耻,我要都告诉公爵。"

小郡主的两颊火烧火燎的。

"你这样想是很不好的。你提的问题伤害了她。她的父母都很穷,给她雇不起教师;她是自己学习的,因为她有一颗非常善良的心。你本该喜欢她才对,可你却跟她争吵不休。不害臊,真不害臊!要知道,她是个孤儿。她什么亲人都没有。你还可以向她炫耀你是位郡主、公爵小姐,而她什么也不是!我现在把你一个人留下。请仔细想想我对你说的话,加以改正。"

小郡主想了整整两天!两天来没人听到她的笑声和喊叫声。夜间醒来,我听见她甚至梦中还在跟列奥塔尔太太继续理论。这两天她甚至人都有些瘦了,清秀的面庞也不再那么光彩照人了。最后,到了第三天,我们俩在楼下的大房间里不期而遇。小郡主刚从母亲那里出来,但她一看见我便停下脚步,在对面不远处坐了下来。我心惊胆战地等着看下一步会怎么样,全身直打哆嗦。

"涅朵奇卡,为什么因为你我要挨骂?"她终于问道。

"不是因为我,卡坚卡[1]。"我回答说,连忙进行辩解。

"可列奥塔尔太太说我伤害了你。"

"不,卡坚卡,不,你并没有伤害我。"

小郡主耸耸肩,觉得莫名其妙。

"那你为什么老哭?"她沉默一会儿问道。

"要是你愿意,我不再哭就是了。"我含泪回答说。

---

[1] 卡佳的爱称。

她又一次耸耸肩膀。

"你以前也老是哭吗?"

我没有回答她。

"为什么你住在我们家呢?"小郡主沉默一会儿,突然问道。

我惊讶地看了看她,好像有什么东西在我心上刺了一下。

"因为我是个孤儿。"我最后鼓起勇气回答说。

"你有过爸爸妈妈吗?"

"有过。"

"他们怎么,不喜欢你吗?"

"不……他们喜欢我。"我勉强答道。

"他们穷吗?"

"是的。"

"非常穷吗?"

"是的。"

"他们什么也不教你吗?"

"教过我识字。"

"你有过玩具吗?"

"没有。"

"蛋糕呢?"

"没有。"

"你们有多少间屋子?"

"一间。"

"一间屋子?"

"一间。"

"有仆人吗?"

"不,没有仆人。"

"那么谁替你们干活呢?"

"我自己去买东西。"

小郡主的问题越来越刺伤我的心。往事的回忆、孤独的处境、小郡主的惊讶,凡此种种,无不使我感到震惊,使我哀痛欲绝。我激动得浑身颤抖,泣不成声。

"这么说,你乐意住在我们家了?"

我默默无语。

"你有好衣裳穿吗?"

"没有。"

"不好的呢?"

"有。"

"我见过你的衣裳,别人给我看的。"

"那你为什么还故意问我?"我说,一种从没有过的感触使我浑身直打哆嗦;我从坐的地方站了起来。"你为什么还要问我?"我气得满脸通红地说,"你为什么要取笑我?"

小郡主也涨红了脸,从坐的地方站了起来,但马上她就克制住了自己激动的心情。

"不……我没有取笑你,"她回答说,"我只是想知道你爸爸妈妈是不是真的很穷?"

"你为什么要问我爸爸妈妈的事?"我说着,伤心地哭了起来,"为什么你要打听他们的事?他们哪里妨碍你了,卡佳?"

卡佳尴尬地站在那里,不知如何回答才好。这时候公爵走了进来。

"怎么啦,涅朵奇卡?"他看看我,见我在流泪,便问道,"你怎么啦?"他看了看卡佳,发现她脸上火烧火燎的,接着问道:"你们在谈什么?为什么争吵?涅朵奇卡,为了什么事情争吵起来的?"

但我不能回答他。我拉住公爵的手吻着,不禁泪如雨下。

"卡佳,说实话,究竟怎么回事?"

卡佳不会说谎。

"我说我见过她跟爸爸妈妈住在一起时穿过的那些很破旧的衣服。"

"谁给你看的?谁竟敢这样?"

"是我自己看见的。"卡佳斩钉截铁地回答道。

"那么好吧!我知道,你不愿牵连别人。那么后来呢?"

"可她哭了起来,说我为什么要嘲笑她的爸爸妈妈。"

"那就是说,你嘲笑他们了?"

尽管卡佳没有公然嘲笑,但她显然有这个意思,从一开始我就是这样理解的。她一句话也没有回答,就是说,她也承认自己的做法不对。

"你立即去向她道歉。"公爵指着我对卡佳说。

小郡主脸色煞白,站在那里,一动不动。

"去呀!"公爵说。

"我不愿意。"卡佳终于小声说,态度异常坚决。

"卡佳!"

"不,我不愿意,不愿意!"忽然,她眼睛发亮,跺着脚大声喊道,"爸爸,我不愿意道歉。我不喜欢她。我不想跟她住在一起……她整天哭哭啼啼,这不能怪我。我不愿意,不愿意!"

"跟我来,"公爵说,他抓住卡佳的一只手,把她带往自己的书房,"涅朵奇卡,你上楼去吧。"

我想跑到公爵跟前为卡佳说情,但公爵疾言厉色地重申了自己的命令,我只好走上楼去,吓得浑身冰凉,跟死人一样。回到我们的房间,我倒在沙发上,双手抱住脑袋。我一秒一秒地数着,心急火燎地等着卡佳回来,我真想扑倒在她的脚下。最后,她总算回来了;她一句话也没有跟我说,从我身边走过去,坐在一个角落。她两眼通红,都哭肿了。我方才的整个决心完全消失了。我惶恐不安地看着她,吓得我动也不敢动。

我竭力责怪自己,竭力想证明这都是我的错。我一次次地想去找卡佳,又一次次地止步不前,我不知道她将如何对待我。就这样过了一天。第二天傍晚,卡佳的心情好了一点儿,她在各个屋子里滚铁环玩,但是很快她就扔下不玩了,一个人坐在角落里。在躺下睡觉前,她忽然转身对着我,甚至还向我跨前了两步,她欲言又止,回转身上床躺下了。那天过后,又过了一天,感到惊讶的列奥塔尔太太最后开始盘问起卡佳来:到底怎么啦?是不是病了,怎么突然变得蔫头耷脑的?卡佳回答了句什么,还要准备去打羽毛球,但是列奥塔尔太太刚一转身,她就满脸通红地哭了起来。为了不让我看见,她跑出了房间。事情最后终于算解决了:在我们吵架后过了整整三天,午饭后她突然走进了我的房间,怯生生地走到我跟前。

"爸爸让我向你赔个不是,"她说,"你能原谅我吗?"

"当然!当然!"

"爸爸让我跟你亲吻——你能吻我吗?"

作为回答,我开始吻她的双手,眼泪唰唰地流下来,洒在她手上。这时我朝卡佳看了一眼,见她的神态有些异样;她的嘴唇有点儿翕动,下巴颤抖,眼睛湿润,但是她马上便克制住了自己内心的激动,嘴边露出一丝微笑。

"我去告诉爸爸,就说我已经吻了你,并且向你赔了不是。"她小声说,像在自言自语。"我已经有三天没看见他了;爸爸吩咐说,不给你赔不是就不要去见他。"她沉默了一会儿,又补充说。

说完这些话,她羞答答地、若有所思地向楼下走去,好像还没有把握:父亲将怎样对待她呢。

一个小时后,楼上的喧闹声、喊叫声、笑声和法尔斯塔夫的吠叫声响成一片,有什么东西被打翻了,摔碎了,一些书落到了地板上,铁环滚得满屋子乱响——总之,我知道卡佳跟父亲又和好了,我的心因高兴而怦怦直跳。

但是她不到我这里来了,而且看来是有意避免跟我说话。不过,所幸我能够激起她极大的好奇心。后来,她越来越常到我这里来,坐在我的对面,以便观察起我来更方便一些。她对我的观察比较单纯幼稚,一句话,这个被全家上下视为掌上明珠、娇惯坏了的任性小姑娘,弄不懂我怎么屡次在她根本不想遇见我的时候和她不期而遇。但她那颗美好善良的童心,总是能够凭借本能为自己找到一条妥善的道路。她所敬仰的父亲对她的影响最大。母亲爱她如命,但对她又异常严格;卡佳从母亲那里遗传了顽强、好胜和坚忍不拔的性格,但也学会了她母亲的种种怪脾气,甚至在精神道德上表现出独断专行。什么是教育,公爵夫人有独特的理解,而且卡佳的教育也是娇生惯养和严加管教的奇特结合。昨天允许的事情，今天无缘无故忽然就被禁止了，小孩子的是非感受到了伤害……不过，还会有这样的事……我只是想指出，孩子已经学会把握自己对母亲和父亲的态度了。对于父亲，卡佳是什么样就是什么样，性格全部外露，毫不掩饰，一切公开。对于母亲，情况则完全相反——她显得内向，多疑，百依百顺。但她这种听话的态度不是出于真心实意，心悦诚服，而是一种必要的礼仪。我下面再来说明。其实，我要为我的卡佳特别说句公道话，她最后还是明白了自己母亲的心意，当她一切听从母亲的时候，她是充分理解母亲的无限钟爱的，这种钟爱有时能达到病态狂热的程度——而且小郡主非常宽厚地把这后一点也都考虑进去了。可惜呀！她的这种考虑对于她后来发热的头脑很少有所助益！

然而，我几乎不明白我自己究竟是怎么回事。一种新的、莫名其妙的感觉一直激荡着我，使我兴奋不已；如果我说这种新的感觉使我痛苦，使我感到烦恼，我这话并没有夸大其词。简单地说——请原谅我用这样的词——我爱上了卡佳。是的，它是爱，是名副其实的爱，是伴随着眼泪和欢乐的爱，是满怀激情的爱。

她有什么在吸引着我呢？为什么能够产生这样的爱？我对她一见钟情，当时我全身心都被这位拥有天使般可爱童颜的女孩所震惊，有一种甜滋滋的感觉。她真是完美无缺，没有任何与生俱来的毛病——一切毛病都是后天发展，而且处于矛盾斗争状态。无处不在的美好天性显而易见，只是表现形态一时失之于谬误；但她身上的一切，自这一矛盾斗争始，无不闪耀着可喜的希望，预示着美好的未来。所有的人都很欣赏她，都很爱她，并非只有我一人。有时候下午三点钟有人带我们出去散步，过往行人一看见她，就会愕然止步，而且从这位幸运儿的身后，还时时传来惊讶赞叹之声。她生来就很幸运，也应该为幸运而生——这就是看到她时给人的第一个印象。也许这是我第一次产生审美体验，它是由美所唤起的，是第一次被表现出来——这些就是我对她萌生爱意的全部原因。

  小郡主的主要毛病，或者说她性格的主要特点，是争强好胜、自尊心太强；这样的特点顽强地在其自然形态中加以表现，而且它会处于一种偏执的、矛盾斗争的状态。这种争强好胜的个性往往表现在非常幼稚的小事情上；为了维护自己的尊严，比如说，遇到矛盾，也不管矛盾是什么样的，她不是感到委屈，不是感到生气，而是感到惊讶。她无法理解，事情怎么竟会出现与她的愿望相违背的结果。不过，正义感在她的心里还总是占上风的。要是她认为自己确实错了，她会当即服从裁决，毫无怨言，决不动摇。如果说迄今她在对我的态度上有些反复的话，那么我的解释是：这完全是出于对我的一种莫名其妙的反感，它暂时破坏了她整个人的协调与和谐；这也是情理之中的事——以前她过分热衷于自己的爱好，从来都是靠榜样和经验走上正道的。所有她的初衷都是美好和真诚的，但是往往要伴随着接连不断的偏颇和迷误。

卡佳很快便满足于对我的观察，最后决定不再理我了。她的办法是：好像我在家里根本就不存在；对我——一句多余的话都没有，甚至该说的话也几乎不说；各种游戏都将我排除在外，而且这种排除不是强制的，她做得非常巧妙，好像是我自己情愿这样的。课照样在上，如果我在理解力和生性安静方面被提出来作为她学习的榜样的话，我已经不会再有伤害她的自尊心的荣幸了；她的自尊心是那样高度敏感，甚至我们的叭喇狗约翰·法尔斯塔夫爵士[1]也可能对它有所伤害。叭喇狗法尔斯塔夫平时表现得很冷漠,行动迟缓,但要是惹急了它,它凶起来像只猛虎,连主人的账也不买。它还有个特点:不喜欢任何人,但是它的真正的劲敌,毫无疑问,当属老郡主了……不过这事下面还要说。自尊心很强的卡佳千方百计想战胜法尔斯塔夫那种不以为然的冷漠态度;在这个家里,哪怕只有一头畜生不承认她的权威和力量,不在她面前甘拜下风,不喜欢她,都会使她感到很不愉快。于是小郡主决定亲自出马,向法尔斯塔夫发动进攻。她想主宰一切,统辖一切,岂能容许法尔斯塔夫逃脱自己的命运?但是这只倔强的叭喇狗就是不买她的账。

有一次午饭后,我们俩在楼下的大厅里坐着,法尔斯塔夫卧在大厅中间,懒洋洋地在休息。就在这个时候,小郡主忽发奇想,想要管管它,显显自己的威风。于是,她放下自己的游戏,踮着脚,小心翼翼地开始向那只叭喇狗走去,同时用各种亲昵的名字呼唤它,向它表示友好,和蔼可亲地向它频频招手。但法

---

[1] 莎士比亚的《温莎的风流娘儿们》和《亨利四世》等剧作中的人物,此处是用他的姓名来作叭喇狗的名字。

尔斯塔夫打老远就开始龇牙咧嘴，怪吓人的；小郡主只好停下来。她的用意只不过是想走到法尔斯塔夫跟前，抚摸抚摸它，让它跟着自己走。但这条狗除了把它当作宠物的公爵夫人外，谁也不让抚摸。卡佳的任务太艰巨了，而且还有很大的危险，因为对于法尔斯塔夫来说，咬掉她的手或者把她撕碎是很容易做到的，只要它认为有这个必要。它壮得像一头熊，我惴惴不安地从远处注意着她，提心吊胆地看她施展什么招数。想要一下子让卡佳改变主意是不容易的，就连法尔斯塔夫毫不客气地龇出牙齿也无济于事。小郡主知道直接走近它不行，便犹豫不决地用包抄的办法，围着她的对手绕圈子。法尔斯塔夫一动不动。卡佳转完第二圈，直径已经大大缩短，然后又开始绕第三圈，但是当她转到法尔斯塔夫认为是禁区的疆界时，叭喇狗又露出了牙齿。小郡主一跺脚，知难而退，颓丧地坐到沙发上沉思起来。

十来分钟后，她想出了新的引诱方法，便立即走出去，带回来些面包、馅饼之类的东西——总之，变换了武器。但法尔斯塔夫不为所动，大概因为它肚子太饱了。它甚至对扔到面前的一块面包不屑一顾；当小郡主再次趋近法尔斯塔夫视为禁地的疆界时，双方形成了对峙局面，而且这一次比上次要严重一些。法尔斯塔夫昂首龇牙，发出轻微的呜呜声，而且做了个含而不露的动作，仿佛随时准备扑过来似的。小郡主气得满面通红，把馅饼一扔，又坐回到原来的地方。

她感到气急败坏，怒不可遏。她一只脚踢着地毯，脸上火烧火燎的，可眼眶里甚至含着懊恼的泪水。这时她正好瞧了我一眼——全身的热血顿时直冲脑门。她一跃而起，迈着坚定的步子，径直朝恶犬走去。

也许法尔斯塔夫这次是让她给吓愣住了。它竟然让敌手越过了警戒线，直到双方相距只差两步远的时候，它才以最凶猛的狂叫来迎接冒失的卡佳。卡佳停住了脚步，但只停了一小会儿，便又毅然向前走去。我简直被吓坏了。我还从未看见小郡主如此兴奋过；她目光炯炯，有一种不获全胜决不罢休的劲头。这时可以给她画一幅绝妙的画。她勇敢地顶住了狂怒的叭喇狗的威胁目光，面对它那吓人的血盆大口，她没有发抖。法尔斯塔夫已经弓起身子，可怕的狂吠声传来；再过一分钟，它就有可能把她撕碎。但是小郡主自豪地把自己的小手放在叭喇狗的身上，得意扬扬地一连三次抚摸着它的脊背。叭喇狗一时间有些犹豫不定。这是最可怕的一刹那了；但是，叭喇狗突然吃力地从原地站起来，伸了个懒腰，大概觉得不值得跟小孩子认真计较，便悠然自得地从大厅走了出去。小郡主趾高气扬地站在取得胜利的地方，朝我投来一种莫名其妙的目光——一种充满胜利喜悦的、扬扬自得的目光。我却被吓得面如死灰；她注意到了这一点，只是微微一笑。然而，她的脸上这时也已蒙上了一层死灰色。她勉强地走到沙发前，倒了下去，差一点儿晕过去。

我对她的迷恋已经走火入魔。自从我为她提心吊胆的那一天起，我就已经无法控制自己了。我愁眉锁眼、万般苦恼，有千百次我都想扑上去搂住她的脖子，但是由于害怕，我不敢轻举妄动，只好待在原地。记得我曾尽量避开她，以免她觉察到我内心的激动，但只要她无意中走进我藏身的屋子，我就会浑身发抖，心跳加快，感到头昏目眩、天旋地转。我觉得淘气的小郡主对此已有所觉察，所以有两天她自己也有些不自然，但是不久她对这种情况就习以为常了。这样过了整整一个月，我内心的痛苦只有我自己悄悄忍受着。我的感情具有一种难以名状的韧性，如果可以这样表达的话；我天生有极大的耐性，除非万不得已，一般我的感情不会突然爆发和外露。应该说，在整个这段时间内，我和卡佳说的话超不过三句；但我根据某些很难捉摸的蛛丝马迹逐渐发现，她这样做的原因并不是出于健忘，也不是出于对我的冷漠，而是有意在回避我，好像她决心要跟我保持一定的距离。但我已经夜不成眠，在白天面对列奥塔尔太太时甚至都无法掩饰自己的尴尬神态。我对卡佳的爱简直到了古怪的程度。有一次我悄悄拿走她的一块手帕，另一次拿走了她系头发的丝带，我整夜整夜地亲吻它们，眼泪一个劲儿地往下流。当初，卡佳的冷漠态度使我深感苦恼；但是现在我的全部思想都被搞乱了，我自己也说不清楚自己的感受。这样一来，新的印象一来二去抹去了旧的印象，对自己悲伤往事的回忆已不再使我痛不欲生，它们在我身上已经被新的生活所取代。

记得有时候我半夜醒来，下床后蹑手蹑脚地走到小郡主的床前。借着我们房里夜间微弱的灯光，我一连几个小时地望着正在熟睡的卡佳；有时候我坐在她的床边，俯身对着她的脸，她呼出的热气向我迎面扑来。我悄悄地、胆战心惊地吻了吻她的小手、肩膀、头发和她露在被子外面的一只小脚丫。我逐渐发现——我注视她已经有整整一个月了——卡佳一天一天地变得好像有心事了;她的性格出现失衡:有时候整天都听不见她一点儿动静,可有时候她又空前地喧闹。她开始变得爱发脾气,吹毛求疵,动不动就发火,甚至在一些鸡毛蒜皮的小事情上对我成心找碴儿:一会儿忽然表示不愿意跟我坐在一块儿吃饭,不愿意挨着我坐,似乎有些嫌弃我;一会儿忽然到她母亲那里,整天待在她身边,也许她知道我看不见她时会非常想念她;有时候她又忽然心血来潮,一连几个小时地盯住我,弄得我非常尴尬,脸上红一阵儿,白一阵儿,不知如何是好,可又不敢从屋子里走开。卡佳已经两次说自己正在发烧,可是以前从未听说她有过任何病。终于,有一天早晨,突然来了一道特别指令:遵照小郡主的迫切要求,她搬到楼下妈妈那里去住,而且公爵夫人听说卡佳发烧后几乎被吓得半死。应该说,公爵夫人对我是很不满意的;卡佳身上所发生的变化她都注意到了,她把这一切都统统归咎于我,用她的话说,都是因为我的郁郁寡欢的性格影响了她女儿的性格。她本来早就想把我们俩分开,但是一直拖着未办,因为她知道在这件事情上一定会跟公爵发生严重争吵，虽说公爵处处迁就她，但有时候也固执得很，寸步不让。公爵夫人深知公爵的这个脾气。

我对小郡主搬走这件事大为惊讶，整整一周我的精神都非常紧张，处在一种反常状态。我因思念而万分苦恼，绞尽脑汁地思考卡佳嫌弃我的原因。忧伤折磨着我的灵魂，义愤和气恼开始在我受辱的心底里翻腾。我忽然产生一种强烈的自豪感，因此，到了又带我们出去散步的钟点，我见到卡佳时，一反往日常态，我看着她时的那种卓然独立、认真严肃的神态，甚至使她大为吃惊。当然，这种变化只不过是我一时的心血来潮，过后我的心又开始疼痛，而且越来越厉害，我变得比以前更加软弱，更加缺乏毅力。终于，有一天早上，使我感到不解和高兴的是，小郡主回到了楼上。起初，她欣喜若狂地跑过去搂住列奥塔尔太太的脖子，宣称她又搬回到我们这里来住了，然后冲我点了点头；她请求这天上午什么也不要学，因此她奔跑跳跃，玩了整个一上午。我从未见过她这样兴高采烈过。但是接近傍晚，她安静了下来，现出若有所思的样子，漂亮的小脸又蒙上一层忧愁的阴影。当晚上公爵夫人来看她时，我看得出，卡佳很不自然地努力显出很快活的样子。但是母亲走后，剩下她一个人时，她竟然流出了眼泪，我大为惊讶。小郡主发现我在注意她，便走了出去。总之，一场意料不到的危机正在她身上酝酿。公爵夫人跟好几个大夫进行商量，每天都把列奥塔尔太太叫去，询问有关卡佳的详细情况，吩咐要仔细观察她的一举一动。只有我一个人对事情的真相有所预感，因此我的心怦怦直跳，充满着希望。

总之，一场小小的罗曼史正在发生，并且已经接近了尾声。卡佳搬回我们楼上的第三天，我发现她整个上午都在看着我，目光怪怪的，久久地盯住……有好几次我们的目光相遇，每一次我们双方都涨红了脸，低下头去，好像彼此都感到很害羞。最后，小郡主笑着离我而去。时钟敲了三下，于是有人开始给我们穿戴，一切就绪后，我们准备外出散步。这时卡佳忽然走到我跟前。

"你的鞋带松开了，"她对我说，"我来给你系上。"

由于卡佳终于开口和我说话，我的脸涨得像樱桃一样红；我正要弯下身去。

"我来吧！"她急忙对我说，并笑了起来。这时她弯下腰,硬是搬起我的一只脚放在她的膝盖上,系了起来。她呼吸急促起来;我感到惊喜交加,一时不知如何是好。她系好鞋带,站起身,从头到脚把我打量一遍。

"瞧,脖子还露着,"她说,还用手指头碰了碰我脖子裸露的地方,"得,让我来给你系吧。"

我没有反对。她把我的围巾解开,按照自己的方式围了起来。

"要不然会着凉咳嗽的。"她狡黠地说,同时对我莞尔一笑,一双水灵灵的黑眼睛冲我一闪一闪的。

我有些忘乎所以,不知道自己怎么了,也不知道卡佳是怎么回事。但是,谢天谢地,我们的散步很快就结束了,要不然我会忍不住在街上亲吻她的。不过,上楼梯的时候,我还是乘机悄悄在她肩膀上亲了一下。她感觉到了,身子不由一震,但是她一句话也没说。晚上,她梳妆打扮后,被领到了楼下。公爵夫人那儿有客人。但是就在这天晚上,有件事闹得全家乱成了一团。

卡佳突然发生一次神经性惊厥。公爵夫人吓得魂不附体,六神无主。大夫来后也说不出个究竟来。自然一切都归因于儿童疾病,归因于卡佳的年龄,但是我却另有看法。第二天早上,卡佳出现在我们面前时跟往常一样,面色红润,喜气洋洋,精神饱满,不过也确有一些以前不曾有过的怪癖和随心所欲的毛病。

首先,她整个上午都不听列奥塔尔太太的话。然后,她突发奇想,要到老太太那儿去。这位老郡主不喜欢自己的这位侄孙女,经常跟她吵架,见都不愿见她,但这次不知怎么回事,竟一反常态,允许卡佳去见她。起初一切都很顺利,头一个小时他们相处得很是和睦。滑头的卡佳忽然想到要请老太太原谅她以前的行为,说自己老是吵吵闹闹,打扰了老郡主的安宁。老郡主郑重其事地含泪原谅了她。但是这个鬼丫头得寸进尺,想走得更远。她决意历数一些仅仅是念头和设想的淘气行为。她装出老实听话的样子,真心诚意地表示悔悟;总之,这种假模假式的表演大受欢迎,卡佳的低头认输,在很大程度上满足了老郡主的自尊心;卡佳是全家的宝贝,大家都宠着她,她甚至能迫使母亲对自己的古怪要求言听计从,百依百顺。

这不,这个淘气鬼承认:首先,她想把一张名片贴在老郡主的连衣裙上,然后让法尔斯塔夫躺卧在她的床下;再把她的眼镜打碎,把她的书统统拿走,换上从妈妈那里拿来的法国小说;然后弄来些响炮,扔在地板上;再把一副纸牌藏进她的口袋;如此等等。总而言之,调皮捣蛋的馊主意层出不穷,一个比一个坏。老太太发火了,气得脸上白一阵儿,红一阵儿;末了,卡佳忍不住哈哈大笑,从姑奶奶身边跑了出去。老太太立刻派人去叫公爵夫人。接着麻烦事来了,公爵夫人花了两个小时,一把鼻涕一把泪地哀求姑婆原谅卡佳,看在她有病的分上,不要惩罚她。起初老郡主听都不愿听;她说她明天就要搬出这个家,最后她的态度有所缓和,那只是因为公爵夫人答应等女儿的病好了以后再进行惩罚,到那时再为老太太出气。不过卡佳为此受到了严厉的警告。她被带到楼下公爵夫人那里去了。

但是午饭后这个淘气鬼还是跑了出来。我下楼的时候,亲眼看见她已经在楼梯上了。她把门推开一道缝,叫法尔斯塔夫出来。当即我就猜到她是想进行可怕的报复。事情正是这样。

老郡主对法尔斯塔夫深恶痛绝,视它为不共戴天的"敌人"。这条狗不向任何人讨好,不喜欢任何人,高傲自大，目空一切，虚荣心极强。它谁都不喜欢，但显然要求人人都对它保持应有的尊重。因此大家对它抱着一种敬畏的态度。但是，自打老郡主来后，一切都发生了变化：法尔斯塔夫受到了严重侮辱，即被明令禁止上楼。

起初，法尔斯塔夫受不了这种侮辱，气得不得了，有整整一个星期，总是用爪子扒通往上面房间的楼梯口的那道门；但是很快它就猜到了不许它上楼的原因，因此，在老郡主出门上教堂的头一个星期日，法尔斯塔夫便尖声狂叫着向可怜的老太太扑去。经众人大力相助，她才免遭这条受侮辱的狗的疯狂报复，因为是老郡主下令不让它上楼的，她说她见不得这条狗。从此以后，法尔斯塔夫上楼便被严加禁止；一旦老郡主下楼，人们便把法尔斯塔夫赶到最远处的一个房间里。仆人们的责任非常重大。不过，这条记仇的狗曾先后三次寻机冲上楼去。它一旦上了楼，便迅速穿过所有房间的过道，直奔老太太的卧室，没有什么能够阻拦住它。幸好老太太的房门总是关着的，因此法尔斯塔夫只能在门外狂叫一通，直到有人来将它轰下楼去。每当这条桀骜不驯的叭喇狗上门造访时，老郡主便大喊大叫,好像她要被吃了似的,所以每次都因受惊吓而大病一场。她曾向公爵夫人发出最后通牒,甚至有一次不小心说走了嘴,说她和法尔斯塔夫在这个家里不共戴天,"有它无我",但是公爵夫人不同意跟法尔斯塔夫分开。

公爵夫人很少喜欢什么人,除了孩子,这世界上她最喜欢的就是法尔斯塔夫了,原因是这样的:大约六年前,公爵有一次散步归来,带回一条又脏又病的小狗,样子十分可怜,但却是条纯种叭喇狗。就这样,公爵使它捡了一条命,但是这位新来者表现欠佳,野性十足,根据公爵夫人的吩咐,它被关在后院,用绳子拴住。公爵没有提出反对意见。两年后,公爵一家住在别墅里,卡佳的弟弟小萨沙跌入了涅瓦河,公爵夫人大声惊呼,她的第一个反应便是要紧随儿子纵身跳入水中,最后好不容易才被人拉住,免于一死。这时小萨沙被急流迅速冲走,只有他的衣服还不时地露出水面。人们急忙解开一条船的缆绳,但是救人恐怕是来不及了,除非出现奇迹。这时,突然有一条大叭喇狗纵身跳入水中,拦住了顺流而下的男孩,叼着他顺利地游到岸边。公爵夫人跑过去对这条又脏又湿的狗又抱又亲。但是法尔斯塔夫不买账,不愿跟任何人亲热;作为对公爵夫人的拥抱、亲吻的回应,它在她肩上狠狠地咬了一口,牙齿都嵌进肉里去了。当时它还不叫法尔斯塔夫,而是叫一个平淡无奇、极其普通的名字——弗里克萨。这一伤痛伴随了公爵夫人的一生,但她的感激之情却是永无止境的。法尔斯塔夫被放入内宅,洗刷一净,还得到个制作精美的银项圈。它住进了公爵夫人的书房,在一张豪华的熊皮上安顿了下来;很快,公爵夫人已经能够抚摸它而不必担心立即遭到它的惩罚了。得知她的宝贝名叫弗里克萨,公爵夫人大吃一惊,于是人们立刻考虑给它起个新的名字,尽量带一点儿古色古香的味道。但是赫克托耳、刻耳柏洛斯[1]之类的名字显然都太俗气,需要起个无愧于全家宠爱的英雄般的名字。最后,公爵想到弗里克萨特别能吃,就建议给叭喇狗取名为"法尔斯塔夫"。这个绰号大受欢迎,因此就永远成了这叭喇狗的名字。法尔斯塔夫表现颇佳:像一个地道的英国人,默不作声,阴沉忧郁,从不主动跑到任何人跟前,只要求别

---

[1] 赫克托耳,荷马史诗中的英雄;刻耳柏洛斯,古希腊神话中生有三个头的恶狗。

人小心绕开它的地盘,对它表示应有的尊重。有时它也仿佛显得情绪不高,好像很沮丧,在这种时候,法尔斯塔夫会痛心地想到,它的对手,曾经侵犯过它权利的不共戴天的敌人尚未受到惩罚。于是它不声不响地来到通往楼上的楼梯旁,见那里的门通常总是锁住的,便卧在附近不远的地方,躲在角落里,虎视眈眈地窥伺着会不会有人麻痹大意而忘记锁门。有时候这头记仇的畜生能一连等上三天,但是老郡主下令要求对楼梯口的门严加监守,因此两个月过去了,法尔斯塔夫始终未能上楼。

"法尔斯塔夫!法尔斯塔夫!"小郡主打开楼梯口的门喊道,并招呼法尔斯塔夫,让它到我们楼上来。

这时法尔斯塔夫感到有人在开门,它正想越过自己这决定性的一步,但是又觉得小郡主的呼唤太难以置信了,以致一时怀疑起自己的耳朵来。它狡猾得像一只猫,为了装作没有发现开门人的粗心大意,它故意走到窗子前,把自己两只强有力的爪子搁在窗台上,开始观看对面的一座房子——总而言之,它装出一副事不关己的样子,好像是随便走到那里,驻足欣赏一下邻近那座房子的漂亮设计似的。其实它的心在兴奋的期待中正怦怦地跳动,感到美滋滋的。等到楼梯口的门在它面前完全敞开,而且,不仅如此,还有人在呼唤它,邀请它,求它上楼去立即报仇雪恨,这时它那份惊喜、兴奋的心情就不用说了!它高兴得尖叫一声,龇着牙齿,像离弦之箭,威风凛凛、趾高气扬地冲上楼去。

它冲刺的劲头如此之大,以致半道上有把椅子被它撞出了两米多远,翻倒在地上。法尔斯塔夫像一发出膛的炮弹,飞驰而去。列奥塔尔太太吓得惊叫起来,但这时法尔斯塔夫已经冲到禁门之前,用两只前爪使劲地扒门,然而却未能把门打开,急得它嗷嗷直叫。接着传来了老郡主可怕的呼叫声。各路人马蜂拥而来,全家人都跑上了楼,于是,性情暴躁的法尔斯塔夫迅速被戴上了嘴套,四条腿一捆,灰溜溜地退出战场,被绳捆索绑地弄下了楼。

有人奉命去请公爵夫人。

这回公爵夫人并没有想原谅和宽恕的意思,但是要惩罚谁呢?当时她一下子便猜到了,她的目光落在卡佳身上……果不其然:卡佳站在那里,脸色苍白,吓得浑身发抖。直到这时,可怜的小郡主才意识到自己的恶作剧所造成的后果。人们的怀疑有可能落在仆人身上,连累无辜,因此卡佳决心实话实说,道出全部真相。

"是你干的吗?"公爵夫人声色俱厉地问道。

我见卡佳脸色煞白,便站出来,果敢地说:

"是我放法尔斯塔夫上楼的……不是故意的。"我语气变弱,因为我的一切勇气在公爵夫人威严的目光下一点儿也没有了。

"列奥塔尔太太,由您来惩戒吧!"公爵夫人说罢便走出了房间。

我看了卡佳一眼:她站在那里,呆若木鸡,两只手垂着,脸色苍白,直望着地面。

用在公爵孩子们身上唯一的惩戒措施就是关进空屋子里。关一两个小时的禁闭无所谓,但把一个孩子硬关起来,违背当事人的意愿,而且宣布他被剥夺了自由,这种惩罚可是相当严厉的。通常对卡佳或她的弟弟也不过关上一两个小时,我却被关了四个小时,这是我的罪行实在令人发指的缘故。我进了禁闭室,有喜有忧,百感交集。我心里惦记着小郡主。我知道我胜利了。不过我不是坐了四个小时,而是一直坐到凌晨四点钟。事情的经过是这样的。

　　我被关起来两个小时后,列奥塔尔太太得知她女儿从莫斯科来了,说是突然生了病,想跟她见见面。列奥塔尔太太走的时候把我忘记了。负责照看我们的女佣大概以为我已经被放出来了。卡佳被叫到了楼下,不得已在母亲身边一下待到晚上逾十一点钟。回来后,发现我不在床上,她大为惊讶。女佣给她脱去衣服,服侍她睡下;小郡主没问起我,自有她的道理。她躺下后,等着我,大概以为我是被关四个小时,到时候我们的保姆会把我送回来的。但是娜斯佳完全把我给忘记了,又加上我向来是自己脱衣服的,于是我就在禁闭室中过夜了。

　　凌晨四点,我听见有人用力在敲我房间的门。我是凑合着在地板上睡的,醒过来后我吓得大叫起来,不过我马上就听出了卡佳的声音,她叫得比谁都响;然后是列奥塔尔太太的声音,还有娜斯佳的声音、女管家的声音。最后,门被打开了,列奥塔尔太太含泪抱住我,请我原谅她把我的事给忘了。我扑上去搂住她的脖子,哭得跟泪人似的。我冻得直发抖,由于躺在光地板上,全身的骨头都非常疼痛。我找寻卡佳的身影，可是她很快就跑回我们的卧室，跳上了床；等我进屋时，她已经睡着了，或者是装作睡着了。其实，她晚上一直在等我，后来竟不知不觉地睡着了，一直睡到凌晨四点。她醒来后，立即大呼小叫，吵得一片混乱，把已经回来了的列奥塔尔太太、保姆和所有的女仆都惊醒了，我这才被放了出来。

第二天早上，全家人都知道了我的遭遇，甚至公爵夫人也说这样对我太过严厉了。至于公爵，当天我看见了他，我生平头一次看见他生那么大的气。上午十点钟，他非常激动地来到楼上。

"请问，"他对列奥塔尔太太说，"您怎么能这样做呢？您怎么能这样对待一个可怜的孩子呢？这太野蛮了，不折不扣的野蛮行为，太愚昧残忍了！一个病弱的孩子，一个喜欢幻想、胆小的小姑娘，被关进一间黑屋，而且关了整整一夜！这不是要把她毁了吗？难道您不知道她的身世吗？这太野蛮了，太太，我要对您说，这太惨无人道了！怎么能这样惩罚人呢？是谁发明的，谁能想得出这样的惩罚方式？"

可怜的列奥塔尔太太非常尴尬，她含着眼泪，开始向公爵说明事情的原委：她说因为她女儿来了，所以就把我这事给忘了,不过惩罚本身还是对的,只要不关得太久的话;还说甚至让-雅克·卢梭[1]也说过类似的话。

"让-雅克·卢梭,太太,亏您想得出来!他不可能说这样的话,让-雅克不是权威。让-雅克·卢梭不敢妄谈教育,他没有权利这样做。列奥塔尔太太,让-雅克·卢梭连自己的孩子都不要!让-雅克是个坏人,列奥塔尔太太!"

"让-雅克·卢梭!他是个坏人!公爵呀!公爵!您在说什么呀?"

列奥塔尔太太情绪激动、满脸通红。

列奥塔尔太太是个很有教养的女人,她讨厌动不动就发脾气;但是要妄谈她所喜爱的什么人,触犯高乃依[2]、拉辛[3]的古典主义形象,侮辱伏尔泰,直呼让-

---

1 让-雅克·卢梭(1712—1778),法国作家、哲学家。他的《社会契约论》肯定人民有权推翻专制,他的小说《爱弥儿》表现了他的教育观点,其作品对欧洲的文学与思想有很大影响。
2 高乃依(1606—1684),法国古典主义悲剧的代表作家,陀思妥耶夫斯基最喜爱的作家之一,认为"就其恢宏大气的性格和浪漫主义精神而言,他几乎就等于莎士比亚"。
3 拉辛(1639—1699),法国古典主义剧作家。陀思妥耶夫斯基早年在给哥哥的信中对拉辛的悲剧作品有过很高的评价。

雅克·卢梭为坏人，说他是野蛮人——天哪，这还了得！列奥塔尔太太的眼泪都出来了，老太太被气得浑身发抖。

"您太忘乎所以了，公爵！"她终于愤愤不平地说。

公爵马上意识到自己的言语有失，连忙表示歉意，然后走到我跟前，深情地吻我一下，在我身上画了个十字，然后从屋子里走了出去。

"Pauvre prince！[1]"列奥塔尔太太说，自己也动了感情。接着我们坐下来上课。

不过，小郡主学习时精力非常不集中。午饭前，她走到我跟前，满脸通红，笑嘻嘻地面对着我，搂住我的肩膀，好像有点儿不好意思地急匆匆地说：

"怎么样？昨天因为我你吃苦了吧？午饭后咱们到大厅玩儿去。"

有人从我们身边走过，于是小郡主立即从我身边走开了。

午饭后，天色已经不早，我们俩手挽手地下楼，

---

[1] 法文，意为：可怜的公爵！

来到大厅。小郡主的心情非常激动，呼吸有些急促。我从来没有这样感到高兴和幸福过。

"你想玩球吗？"她对我说，"你站在这里！"

她让我站在大厅的一角，可她自己不是退回去向我投球，而是站在距我三步远的地方，瞧了瞧我，脸上一阵发红，双手捂住脸，倒在沙发上。我朝她挪动几步，她以为我要走开了。

"别走，涅朵奇卡，跟我待会儿，"她说，"我一会儿就好了。"

但她从沙发上一跃而起，脸涨得通红，泪流满面地扑过来搂住我的脖子。她的双颊被泪水浸湿了，嘴唇像熟透的樱桃，满头秀发乱作一团。她疯了似的一个劲儿地亲吻我，我的脸、眼睛、嘴唇、脖子、双手被她亲了个遍；她歇斯底里地号啕大哭；我紧紧贴着她的身子，我们像久别重逢的朋友和恋人那样，甜蜜地、高兴地拥抱在一起。卡佳的心跳得很厉害，每一次跳动我都能够听见。

这时隔壁房间里有人在呼唤，叫卡佳到公爵夫人那里去。

"哎哟，涅朵奇卡！好吧！晚上见，夜晚见！现在你上楼去吧,等着我。"

她最后一次亲吻了我,不声不响,情绪热烈,然后朝娜斯佳呼唤声的方向跑去。我好像获得再生似的跑到楼上,一头扑在沙发上,把脑袋埋在枕头里,高兴得大哭起来。我的心怦怦直跳,它像要从胸膛里跳出来似的。不记得我是怎样熬到夜晚的了。最后,时钟敲过了十一点,于是我躺下睡了。小郡主一直到十二点钟才回来;她老远就冲着我微笑,却一句话也没说。娜斯佳开始给她脱衣服,她好像故意在磨磨蹭蹭。

"快点儿,快点儿,娜斯佳!"卡佳嘟囔说。

"怎么啦,小郡主,您的心跳得这样快,大概是上楼时跑的吧?……"娜斯佳问道。

"哎哟,天哪,娜斯佳!你这个人真是没劲!快一点儿,快一点儿!"小郡主气恼地跺着脚说。

"呵,脾气还不小呢!"娜斯佳说。她在给小郡主脱鞋时顺势在她脚上吻了一下。

最后,一切总算结束了,小郡主上床睡觉,随后娜斯佳走出了房门。这时卡佳忽然从床上跳下来,跑到我的跟前。我看着她,不由得惊叫了一声。

"到我这儿来,跟我一起睡!"她说着,把我拉下床来。转眼间,我已到了她的床上,我们拥抱在一起,紧紧地把身子互相贴着。小郡主把我全身上下吻了个遍。

"我可记得你夜里是怎样吻我的!"她说着,脸红得像罂粟花。

我大哭起来。

"涅朵奇卡!"卡佳眼泪汪汪地小声说,"我的天使,我早就非常爱你了!你知道从什么时候开始的吗?"

"从什么时候?"

"从爸爸让我向你道歉的时候,当时你曾为你爸爸辩解,涅朵奇卡……我可怜的孤——儿!"她拉长声调说,再次把我吻了个够。她又是哭,又是笑。

"哎呀,卡佳!"

"什么事?说呀,什么事?"

"为什么我们这么长时间……这么长时间……"我没接着说下去。我们拥抱在一起足有三分钟没有说一句话。

"听我说,关于我,你是怎么想的?"小郡主问道。

"哎呀,卡佳,我想的可多了!我一直都在想,白天黑夜地想。"

"夜里你还说起过我,我听见了。"

"真的吗?"

"你哭过好多次。"

"你瞧!谁让你总是那么高傲呢!"

"我真是愚蠢,涅朵奇卡。我也不知道怎么搞的,就是这个样子。我总是在生你的气。"

"为什么?"

"因为我自己不好。首先,是因为你比我好;其次,是因为爸爸更喜欢你。而爸爸是个好人,心地善良,涅朵奇卡!你说是不是?"

"当然是了!"我答道。一想到公爵,我眼泪都出来了。

"一个好人,"卡佳严肃地说,"我对他能怎么办呢?他就是这样的人……唉,后来我向你道歉,差一点儿没哭出来,对这件事我又感到非常生气。"

"我倒是看到了,看见你想哭来着。"

"得了,别说了,你这个傻丫头,你自己也动不动就哭!"卡佳用手捂住我的嘴,冲我说,"听着,我非常想爱你,后来突然又想恨你,而且非常之恨,恨之入骨！……"

"那是为什么呢？"

"我就是生你的气。我也不知道为什么！可后来我发现没有我你就没法生活，于是我就想：瞧我怎么来整治她，这个坏东西！"

"哎呀，我说卡佳！"

"我的心肝宝贝！"卡佳说着，在我手上吻了一下，"后来我连话也不愿意跟你说了，一直不理你。你可记得我抚摸法尔斯塔夫那件事？"

"哎呀，你的胆子可真够大的！"

"其实我非常……害怕，"小郡主拉长声音说，"你知道我为什么要冲它走过去吗？"

"为什么？"

"因为你在看着我。我一见你在看着我……好哇！所以我就不管三七二十一地走了过去。是不是我把你吓得够呛，啊？为我担心了吧？"

"太可怕了！"

"我看见了。我特别高兴的是，法尔斯塔夫走开了！天哪，它走后我真有些后怕，这头庞然……大物！"

于是小郡主发出一阵神经质的笑声,然后忽然抬起她那发热的脑袋,开始死死地盯住我看。眼泪像一颗颗细小的珍珠在她长长的睫毛上颤动。

"喂,你身上究竟有什么东西使我这样地爱你?瞧你这副样子,脸色这么苍白,头发颜色那么淡,人嘛,傻里傻气,动不动就爱哭,一双浅蓝色的眼睛,我可怜的孤……儿!!!"

于是她弯下腰,又对我吻个没完。她的几滴眼泪落在了我的脸上。她深深地动了感情。

"其实我是非常爱你的,可我总是在想——不,不可能!我不能告诉她!我就是这么个倔脾气!其实有什么好怕的,对你有什么不好意思的!瞧,现在我们不是很好嘛!"

"卡佳!我高兴极了!"我欣喜若狂地说,"我的心都要碎了!"

"是呀,涅朵奇卡!你听我往下说……听着,是谁叫你涅朵奇卡来着?"

"是妈妈。"

"你把妈妈的事都讲给我听,好不好?"

"好的,好的。"我高兴地回答说。

"你把我的两条带花边的手帕藏到哪里去了?还有丝带,拿到哪儿去啦?你呀,真不害臊!其实这些事我全知道。"

我笑得满面通红,眼泪都快出来了。

"不行,我想:我要气气她,让她等着。可有时候我又想:其实我根本就不爱她,我讨厌她。可你总是那么温顺善良,老实得像一只小绵羊!其实我非常害怕你把我看得很傻!你很聪明,涅朵奇卡,难道不是吗?啊?"

"哎呀,你说什么呀,卡佳!"我回答道,差一点儿生气了。

"不,你是很聪明,"卡佳坚决而认真地说,"这我知道。只是有一天早上我起床后,觉得特别喜欢你,说不出有多么爱你了!我一整夜梦到的都是你。我想:我要恳求妈妈让我住到她那儿去。我不愿意爱你,不愿意!可是第二天夜里入睡前我又想,要是你能跟昨天夜里那样来到我身边就好了,而你果不其然就来了!哎呀,当时我假装睡着的样子……哎呀,我们真是没羞没臊,涅朵奇卡!"

"究竟为什么你不愿意爱我?"

"这……我说的什么呀！其实我一直都很爱你！非常地爱！不过后来我实在忍耐不住了，心想，得着机会我总是要吻她的，要不就使劲拧她，往死里拧。现在我就让你这个傻丫头尝尝被拧的滋味！"

于是小郡主拧了我一下。

"你还记得我给你系鞋带的事吗？"

"记得。"

"'记得'。你高兴吗？我看着你，心想：多可爱的小姑娘呀，我来给她系鞋带，看她作何感想！我自己也非常乐意。说心里话，我很想跟你亲吻……可是我没有亲你。后来心里觉得非常好笑，太可乐了！我们一块儿散步的时候一路上我都这样想，有时候突然想哈哈大笑一阵儿。我都不敢看你：太可乐了。要知道，你为我被关禁闭的事，太让我高兴了！"

那间空房子人们叫它"禁闭室"。

"你害怕了吗？"

"害怕死了。"

"我高兴的原因不只是你把责任揽到自己头上，更是你要为我关禁闭！我心里想：她现在正在哭，而我却是那么爱她！明天我要好好亲亲她，亲个痛快！要知道,我并没有感到惋惜,真的,没有觉得你有什么可怜,尽管我也哭了。"

"我倒没有哭,反而觉得挺高兴!"

"你没有哭?哎呀,你这个硬心肠!"小郡主叫道,把嘴唇向我紧紧贴过来。

"卡佳,卡佳!天哪,你多么漂亮呀!"

"难道不是吗?好吧,现在你对我想怎么样就怎么样吧!可以对我为所欲为,可以拧我掐我!请拧我掐我吧!亲爱的,拧呀!"

"调皮鬼!"

"喂,还有什么?"

"傻丫头……"

"还有什么?"

"还要你亲亲我。"

于是,我们互相亲吻,一起哭,一起笑;我们的嘴唇都亲肿了。

"涅朵奇卡!首先,今后你要永远到我这里睡觉。你喜欢接吻吗?那我们就一起接吻。其次,我不愿意你老是愁眉苦脸的。你为什么总是郁郁寡欢?告诉我,好吗?"

"我会把一切都告诉你的,但我现在不觉得烦闷,我现在挺开心!"

"对,一定要让你的脸跟我的脸一样变得红扑扑的!哎呀,明天快点儿来吧!你想睡觉吗,涅朵奇卡?"

"不。"

"好,那我们就说说话吧。"

就这样,我们又谈了差不多两个小时。天晓得我们什么话没有谈到。首先,小郡主告诉了我她全部的未来计划和现在的情况。于是我了解到,她爱爸爸胜过爱一切人,几乎超过了对我的爱。其次,我们俩认定,列奥塔尔太太是个很好的女人,她一点儿也不严厉。接着,我们当时便想好了明天要干什么,往后要干什么,几乎把今后二十年的日子都安排好了。按照卡佳的想法,我们将这样生活:一天由她发号施令,我一切照办,第二天倒过来——我发号施令,她俯首听命;接着我们俩平起平坐,相互发号施令,这时有人会故意不听从命令,那么我们就先争吵一番,装装样子,然后尽快地和解。总之,等待我们的是无限的幸福。最后,我们谈得都很累了,我的眼睛都睁不开了。卡佳笑我是个瞌睡虫,可她自己比我还先睡着。第二天早上我们同时醒来,连忙接了个吻,因为有人进来,所以我赶紧跑回自己的床上。

整整一天我们都高兴得不得了,不知如何是好。我们一直避开所有的人,离他们远远的,生怕被别人看见。最后,我开始向她讲述自己的故事。卡佳大为惊讶,我的故事令她听后潸然泪下。

"你这个人也真是倔强!你为什么不早告诉我?我会非常爱你的,非常非常地爱!街上那些男孩子打你,疼吗?"

"疼。我非常怕他们!"

"哼,太可恶了!给你说吧,涅朵奇卡,我亲眼看见过一个男孩在街上打另一个男孩。明天我悄悄带上对付法尔斯塔夫的鞭子,要是碰上个这样的人,瞧我怎么收拾他吧,狠狠地揍!"

她怒目圆睁,射出愤怒的光芒。

我们真怕有人进来。我们担心接吻时被别人碰见。可是这天我们至少吻过一百次。这一天和第二天就这样过去了。我真担心我会因太高兴而死去,幸福使我透不过气来。然而,我们的幸福为时不长。

列奥塔尔太太应当报告小郡主的一举一动。她观察我们已经整整三天了,这三天她积累了许多可供汇报的情况。最后,她到公爵夫人那里,把她所发现的情况和盘托出——说我们俩正处在某种亢奋状态,已经有整整三天,形影不离,像疯了似的不停地接吻,一会儿哭,一会儿笑——说我们像两个疯子,说个没完,这种情况以前从没有过;说她不知道这一切应该算作什么,但是她觉得小郡主正处于某种病态危机之中,末了,她认为我们最好少见面。

"这一点我想了很久了,"公爵夫人回答说,"我早知道这个奇怪的孤女会给我们惹来麻烦的。人们告诉我有关她的情况和她以前的生活——可怕极了,简直是骇人听闻!她对卡佳产生了明显的影响。您是说,卡佳很喜欢她吗?"

"喜欢得忘乎所以了。"

公爵夫人十分懊恼,脸都急红了。她已经在妒忌我和她女儿的亲密关系了。

"这是很不正常的,"她说,"以前她们很合不来,老实说,对此我感到很高兴。虽说这个孤女的年龄还很小,但我总是感到不放心。您明白我的心意吗?从吃奶时候起,她便接受了自己的一套教育、习惯乃至规矩。我实在不明白公爵看上她什么了?我建议把她送到寄宿学校不下一千次了。"

列奥塔尔太太本来想为我说上几句,但是公爵夫人已经决意让我们分开。她当时立即派人去把卡佳叫来,在楼下就对她宣布,到下个星期日以前她不能跟我见面,就是说,我们要分开整整一个星期。

我是晚上很晚的时候才得知这一切的,并且一下子给吓蒙了;我心里想着卡佳,我觉得如果把我们分开,她会忍受不了的。我由于愁肠百结、不堪其忧,当夜就病倒了;第二天早上公爵来看我,悄悄对我说事情还有希望。公爵做了种种努力,但是等于白搭:公爵夫人初衷不改。我逐渐陷入绝望,悲从中来,痛不欲生。

第三天早上,娜斯佳给我带来一张卡佳的字条。卡佳是用铅笔写的,字迹非常潦草,内容如下:

> 我非常爱你,虽然和妈妈坐在一起,但我总在想怎么能跑到你身边。不过我会跑出来的——我保证,所以请你不要哭。请写信给

我,告诉我你是多么爱我。我彻夜在梦中拥抱你,我苦恼极了,涅朵奇卡。送给你一块糖。再见。

我的回信也大致如此。整整一天,我都为卡佳的字条痛哭不已。列奥塔尔太太的劝说安慰使我更加痛苦不堪。晚上,我听说她去找了公爵,说要是不让我跟卡佳见面,我肯定会第三次病倒,而且她非常后悔向公爵夫人汇报了此事。我一再问娜斯佳:卡佳怎么样?她回答说卡佳没有哭,但是脸色苍白得吓人。

第二天早上,娜斯佳小声对我说:

"请到公爵书房去一下,顺右边的楼梯下去。"

我忽然产生一种预感。我怀着紧张期待的心情跑下楼去,推开了书房的门。她不在里面。突然,卡佳从背后把我一下子搂住,热烈地亲了我一下。笑声,泪水……卡佳忽然从我的怀里挣脱出来,像一只小松鼠,一下子攀到父亲身上,又爬到他的肩膀上,但是还没有站稳,就又从肩膀跳到了沙发上。公爵和她一起倒下了。小郡主高兴地哭了。

"爸爸,你真是个好人,爸爸!"

"你们这俩淘气鬼！你们怎么啦？什么友谊？什么爱情？"

"别说了，爸爸，我们的事你不懂。"

于是我们再一次相互拥抱在一起。

我开始就近仔细地观察她。三天来她变瘦了。脸上的红润已经消失，取而代之的是一片苍白。我伤心地哭了起来。

娜斯佳终于来敲门了。这是个信号，说明卡佳不在已经被发现，而且公爵夫人在查问了。卡佳顿时面如死灰。

"好了，孩子们。以后我们每天都可以聚会。再见，愿上帝保佑你们！"公爵说。

他看着我们，也很受感动，但是他的想法完全落了空。当晚，莫斯科传来消息，说小萨沙突发急病，危在旦夕。公爵夫人决定次日就起程前往。由于事情仓促，一直到与小郡主告别的时候我还一无所知。告别这件事是公爵本人坚持的，公爵夫人勉强同意。小郡主黯然神伤，悲不自胜。我仓皇失措地跑到楼下，一下子搂住了她的脖子。准备上路的马车已经等候在大门口。卡佳看着我，大叫一声，昏倒在地。我一个劲儿地吻她。公爵夫人设法使她苏醒过来。最后她恢复了知觉,再次抱住我不放。

"再见,涅朵奇卡!"她忽然笑了笑,对我说,脸上有一种莫名其妙的表情,"你不要惦记我;我没事儿;我没有病,过一个月我就回来了。那时我们就再也不分开了。"

"行了,"公爵夫人平静地说,"我们走吧!"

但小郡主再一次跑回来,歇斯底里地紧紧抱住我。

"我的命根子!"她搂住我匆匆地小声说道,"再见!"

我们最后一次相互吻过,小郡主从此便消失了——过了很久,很久。八年后我们才又相见!

…………

我有意如此详尽地讲述我幼年时期的这段故事,讲讲卡佳在我生活中第一次出现的情形。我们的故事是无法分开的,她的故事就是我的故事。我好像命中注定非遇见她不可,她也好像注定要遇见我。况且我也不能放弃再次回忆我童年生活的乐趣……现在我的故事要讲得快一些了。我的生活突然变得像一潭死水,而且我好像又有所悟,这时我刚刚过了十六岁……

不过——先讲几句公爵一家去莫斯科后我的情况。

我和列奥塔尔太太留了下来。

两个星期后,有专差来通知说,回彼得堡的行程无限期推迟了。列奥塔尔太太出于家里的原因不能去莫斯科,她在公爵府上的工作便宣告结束;但是她仍留在这个家里,转到了公爵夫人的大女儿亚历山德拉·米哈依洛芙娜那里。

关于亚历山德拉·米哈依洛芙娜,我还什么也没有提起过,而且我总共也只见过她一次。她是公爵夫人与第一个丈夫所生的女儿。公爵夫人的身世有些稀里糊涂,她的第一个丈夫是个包税人。公爵夫人再嫁时大女儿怎么办,当时她一筹莫展。招一名乘龙快婿,她不敢指望。她的陪嫁并不丰厚;最后,直到四年前,她才嫁给了一个富有而且官职不小的人。亚历山德拉·米哈依洛芙娜进入了另外一个世界,周围环境也别有洞天。公爵夫人每年去看望她两次;她的继父——公爵——每星期都带着卡佳去看望她,但是公爵夫人不愿让卡佳到她姐姐那里去,因此公爵是悄悄带着她去的。卡佳非常喜欢姐姐,但是她们的性格截然不同。亚历山德拉·米哈依洛芙娜约二十二岁,性格恬静温柔、多愁善感;总好像有一种深深的忧愁、一种内心的隐痛,让她秀丽的面容蒙上了阴影。严肃和忧郁与她那天使般明媚的容貌很不协调,就好像婴儿穿着丧服一样。望着她,你不可能不对她产生深切的同情。她脸色苍白,我第一次看见她时,有人说她可能得了肺结核。她平时深居简出,既不喜欢接待应酬,也不喜欢访亲探友——简直像一名修女。记得她来找列奥塔尔太太时,走到我跟前,深情地吻了我一下。和她一起来的是一个上了些年纪的清瘦男人,他看着我不禁流下了眼泪。他就是小提琴家 Б。亚历山德拉·米哈依洛芙娜拥抱了我,并且问我愿不愿意同她住在一起,做她的女儿。我看了看她的脸,认出她就是我的卡佳的姐姐,于是我拥抱了她,同时心里感到一种难言的苦涩,以致我的整个胸口都隐隐作痛……好像有人又一次在我身边说:"可怜的孤女!"这时亚历山德拉·米哈依洛芙娜让我看公爵的一封信。信里有几行是写给我的,我读后泣不成声。公爵祝愿我长命百岁,生活幸福,希望我爱他的另一个女儿。卡佳也给我写了几句,她说她现在不能离开她母亲!

于是,当晚我就走进另一个家庭,进入了另一幢宅院,接触一些新的人,再一次从我的心头抹去一切业已使我感到温馨、亲切的东西。我到她家的时候已经感到疲惫不堪,心里苦恼万分……现在开始讲新的故事。

六

我的新生活风平浪静,我悠然自得,宛如进入了世外桃源……我在我的收养人家里住了八年多,在这段时间内,除了屈指可数的几次外,我不记得他们家里举行过什么午餐会、晚会或者其他招待亲朋好友们的聚会。只有两三个人偶尔来此走动一下,乐师 Б 是这家人的好友,还有几个几乎总是找亚历山德拉·米哈依洛芙娜有事要办的人,此外就再没有什么人到我们家来了。亚历山德拉·米哈依洛芙娜的丈夫总是忙于事业,公务缠身,偶尔有个闲暇时间,他便平均分配,花在家庭和社交生活上。无法推掉的重要事务使他经常在社会上露面。几乎到处都在盛传他贪得无厌、沽名钓誉的流言,但是由于他素来享有办事认真严肃的名声,又由于他这个人地位相当显要,好像幸运和成功总在半道上等着他似的，因此公众远远没有失去对他的好感。不仅如此，大家经常对他怀有一种特殊的同情心，反而对他的妻子毫不同情。亚历山德拉·米哈依洛芙娜平时深居简出，不过好像她对此却感到自得其乐。她沉静的性格好像天生就适合过这种离群索居的生活。

她全心全意地关心我，爱护我，像对待自己的亲生孩子一样；而我虽与卡佳惜别时的泪水未干，内心的痛楚尚在，却又如饥似渴地扑进了我的恩人慈母般的怀抱。从此，我对她的热爱从未中断过。她就是我的母亲、姐姐和朋友；她弥补了我在世界上失去的一切，关心爱护着我少女时期的生活。不过我凭直觉和预感很快就发现，她的命运根本不像最初看上去的那样美妙，虽然从她看似平静闲适的生活和表面的自由，以及她脸上常常挂着的安详明朗的微笑来看，完全可以这样认为；因此，随着我的成长，生活每一天都在向我揭示我恩人的命运的某种新内容，向我揭示某种只能用我的心痛苦、缓慢体察的情况；我越是忧心忡忡，我对她的依恋也就越深、越强烈。

她性格软弱，胆小怕事。望着她端庄秀丽的脸庞，我一下子根本无法想象有什么愁苦能搅乱她那坦荡的心胸，说她可能不喜欢什么人，那简直令人不可思议；在她的心目中，同情心始终高于一切，甚至高于厌恶本身——然而她的知心朋友却为数不多，平日深居简出，经常闭门谢客……她富于激情，生来敏感，但同时她仿佛又害怕自己所得到的印象，好像时刻都在监视着自己的心，不使它忘乎所以、想入非非，即便是遐想也不行。在心情愉快的时刻，有时我会突然看见她眼睛里饱含泪水：仿佛有什么痛苦的回忆突然袭来，苦苦地折磨着她的良心，在她的心灵深处不断地闪现；又好像有什么东西在窥视她的幸福，居心叵测地横加干扰。看来她越是幸福，她的生活越是平静悠闲，她距离烦恼就越近，郁伤和眼泪突然出现的可能性就越大：就跟发病了一样。整整八年时间，我不记得有哪一个月是平安度过的。丈夫看起来非常爱她，她对丈夫也非常敬爱。但是乍一看，他们之间好像有什么言犹未尽之处。她的命运中包含什么秘密，至少从一开始我就有所怀疑……

亚历山德拉·米哈依洛芙娜的丈夫头一次就给我一种郁郁寡欢的印象。这个印象产生于童年时期，后来就再也无法抹掉了。从外表看，他个子高高的，身材消瘦，好像故意戴一副墨绿色的大眼镜，以遮掩自己的目光。他不爱交往，缺乏热情，甚至跟妻子单独相处时好像也无话可说。显然他讨厌与人来往。他对我根本不在意，可是有时晚上我们三个一块儿在亚历山德拉·米哈依洛芙娜的客厅喝茶时，因为有他在场，每次我都感到非常别扭。我悄悄看了看亚历山德拉·米哈依洛芙娜，结果伤心地发现，她在他面前好像也战战兢兢的，仿佛对自己的一举一动都要考虑再三，一旦发现丈夫的脸色沉了下来，显得不高兴了，她的脸色也会立刻变得煞白，或者突然满面通红，仿佛从丈夫的只言片语里听出或猜到什么暗示似的。我觉得她很难跟丈夫共同生活，可看起来她又一刻也离不开他。使我吃惊的是，她对自己的丈夫异常关心，对他的一言一行非常重视，好像她很希望在某个方面尽量地满足他，可仿佛又感到自己的意愿老是不能实现。她似乎一直想博取丈夫的赞誉：一看到丈夫的脸上露出一点儿笑意，听到亲切的只言片语，她顿时会感到非常幸福，简直像处在羞怯、朦胧爱情的最初时刻。她像看护一个很难侍候的病人那样照料她的丈夫。

我觉得他看亚历山德拉·米哈依洛芙娜时,总是带着一种使她感到非常难受的同情的目光;当他握过妻子的手,一回到自己的书房,亚历山德拉·米哈依洛芙娜整个跟变了个人一样。她的言谈举止立刻变得非常活跃自如。但每次跟丈夫见面后,总还是有某种惶惑不安的感觉久久留在她的心头。她马上开始回忆他讲过的每一句话,仿佛要字斟句酌,仔细掂量一番。她常常问我:"我听得对不对,彼得·亚历山大罗维奇是这样说的吗?"她仿佛在推敲他的话中有什么言外之意,也许得要整整一个小时,当她好像认定丈夫对她确实非常满意,她的担心纯属多余时,她这才完全有了精神。这时她忽然变得非常和善、快乐,甚至兴高采烈,不断地吻我,跟我一起嬉笑,或是坐在钢琴前,即兴弹上两个小时。但她的这种高兴往往会突然中断,她开始哭泣;当我满怀忧愁、惶惑不解又有些害怕地看着她的时候,她立刻仿佛怕被人听见似的小声对我解释说,她的眼泪不算什么,没有关系,她说她挺快活,叫我不要为她担心。有时候丈夫不在家,她忽然会很紧张,忧心忡忡,一再询问丈夫的情况,放不下心来:派人打听他干什么去了,向女佣了解他为什么要马车,到哪里去了,是不是病了,高兴不高兴,说了些什么,如此等等。事务上的事,她好像不敢跟他当面谈起。当他跟她商量或是要她干什么事的时候,她总是洗耳恭听,诚惶诚恐,仿佛是他的奴隶。她非常喜欢丈夫在她面前夸奖点儿什么,比如一件什么东西,一本书,或她的一件什么手工活。对这些事她好像很爱虚荣,一听到夸奖便十分得意。要是彼得·亚历山大罗维奇偶尔(很少)想起跟两个小孩子亲热一下,那她的高兴劲儿就更别提了。她会变得容光焕发、喜气洋洋,此时此刻,她在丈夫面前甚至会过分陶醉于自己的欢乐心情。比如,她甚至会大胆到不经丈夫提出,便突然向他提议(当然是战战兢兢、吞吞吐吐的),请他听一听她得到的新的乐曲或是自己对某一本书的意见,再不然就是答应让她把当天给她印象特深的一位作者的作品读上一两页。有时候丈夫体谅地满足她的全部要求,甚至会宽容地对她露出微笑;这种微笑就好像在迁就一个淘气的孩子,不忍心拒绝她的古怪任性的要求,生怕过早地挫伤了孩子天真的性格。但是不知为什么,这种微笑,这种老爷式的宽宏大量,他们之间的这种不平等态度,使我从内心深处感到愤愤不平;我一声不响,尽量忍住,只是怀着孩子的好奇心和先入为主的严重偏见,对他们进行认真仔细的跟踪观察。有一次我发现他忽然若有所悟,好像想起了什么;好像突然间费了好大的劲,又极不情愿地想起了什么不堪回首而又难以忘却的往事。这时,他脸上那种宽容的微笑顿时消失了,眼睛忽然死死盯住惊慌失措的妻子,他那种悲天悯人的目光简直使我不寒而栗;我现在才明白,如果这种目光对准的是我,我一定会感到非常痛苦。此时此刻,亚历山德拉·米哈依洛芙娜脸上的喜悦消失了,音乐或朗读中断了。她脸色苍白,但是勉强地忍着,一言不发。这是一段很不愉快、令人难熬的时间,有时候会拖得很久。最后,丈夫打破了沉默。他站起身,好像尽量在压制着内心的懊恼与激动,神情忧郁地默默在屋内走几个来回,握一握妻子的手,深深叹息几声,然后显然出于无奈,断断续续说几句意在安慰妻子的话,走出了房间;而亚历山德拉·米哈依洛芙娜只能以泪洗面,或是陷入可怕的、长时间的悲凄之中。他们晚上分手时,他总是像对待小孩子那样,给她画个十字,表示祝福,而她则感激涕零地接受丈夫的祝福。但是我无法忘记,有几个晚上（八年中顶多有三次），亚历山德拉·米哈依洛芙娜好像突然变了一个人。她那张平静温顺的脸上流露出的不再是一贯的自卑和对丈夫的恭顺，而是某种恼怒和愤懑。有时候，一场风暴的酝酿需要整整一个小时；这时候丈夫变得比平时更加沉默、更加严厉与更加阴沉。最后，这个可怜女人的伤痛的心好像再也无法忍受了。她开口说话了，由于激动，她的声音断断续续，她的话起初结结巴巴，颠三倒四，全是些隐隐约约的暗示和吞吞吐吐的哭诉；后来，她好像忍受不了痛苦的折磨，突然泪如泉涌，号啕大哭，接下来是愤怒、责难、抱怨、绝望的大爆发——她仿佛陷入了病态的危机。这时真应该看一看她的丈夫多么耐心地忍受着这一切，多么设身处地地安慰她，亲吻她的双手，甚至最后跟她一起哭起来；于是她好像忽然有所醒悟，好像良心向她大喝一声，指出了她的罪行。丈夫的眼泪使她大为震惊，她搓着双手，绝望地、歇斯底里地号啕大哭，扑倒在他的脚下请求宽恕，丈夫立即便原谅了她。但是她所受到的良心折磨和以泪洗面、渴望宽恕的日子，还要持续很久，而且好几个月的时间，她在丈夫面前会变得更加胆怯，更加胆战心惊。我一点儿也不了解这些指摘和责难,因为当时我被支出了房间,而且这种时候总是令人非常尴尬。不过,要完全瞒过我是不可能的。我观察着,发现着,猜度着,而且从一开始我心里便有一个模糊的疑团,觉得这一切中间肯定有某种隐情,觉得这颗受伤的心突然爆发不单单是一种精神危机,她丈夫总是阴沉着脸,其中必有原因;他对可怜的患病的妻子仿佛有一些暧昧的同情,也不是无缘无故的;她在丈夫面前老是唯唯诺诺、胆战心惊,而且她的这种温顺的、古怪的爱甚至不敢向她丈夫表白,同样是事出有因;她的这种深居简出、修道院式的生活,当着丈夫的面脸上红一阵儿白一阵儿的变化,都不是毫无缘由的。

不过,由于他们夫妻之间出现这样场面的机会很少,由于我们的生活十分单调,而且我已经司空见惯,最后,还由于我成长发育得很快,许多新的感受在我身上已经开始出现,虽然这些感受还不是自觉的,但它们却分散了我的注意力,因此我最终也习惯了这种生活,对这种习以为常的现象和我周围的人也就见怪不怪了。当然,有时我望着亚历山德拉·米哈依洛芙娜不能不有所思考,但我的思考眼下还没有结论,我又深深地爱着她,尊重她的忧伤,因此我生怕由于我的好奇而扰乱她多愁善感的心。她明白我的心意,明白我对她的依恋之情,她多次想要对我表示感谢!有时候,她感受到我对她的关心后往往会含着眼泪,强颜欢笑,笑自己动不动就爱流泪;有时候,却又忽然开始对我说,她是多么满足,多么幸福,大家对她非常好,所有她认识的人一直都很爱她;还说彼得·亚历山大罗维奇老是为她操心,唯恐她精神上得不到安宁,这使她非常苦恼;其实刚好相反,她感到很幸福,非常幸福!……这时她会深情地一把把我搂住,脸上充满了爱意;我的心呀,如果可以说的话,由于对她的同情而隐隐作痛。

她的形象在我的记忆中永远不会磨灭,她五官端正,消瘦而苍白的脸仿佛愈加显示出她冷峻的魅力。她那头浓密的黑发,自上而下,梳得光滑齐整,在脸颊两边投下了浓重的阴影;不过她那柔和的目光、孩子般明媚碧蓝的大眼睛、羞涩的微笑,同她整个苍白、腼腆的面庞形成鲜明对照,会使您感到她更加楚楚动人。她脸上有时流露出那么多的天真和胆怯,她胸怀坦荡,一无遮掩,又仿佛对自己心灵的每一种感受、每一次冲动都提心吊胆——既害怕转瞬即逝的欢乐，又害怕经常不断的幽怨。不过也有幸福安闲的时分，她那洞察人心的目光像白昼一样清澈透明，毫发可鉴，显得那么正直安详；那双碧蓝如天的双眸熠熠生辉，充满了挚爱之情，饱含着甜蜜的情意，对一切高尚、令人怜爱、祈求同情的东西无不时时流露出一片深情厚谊——此时此刻，你的整个心灵都会被她征服，对她有一种情不自禁的向往，并且仿佛从她那里直接领受她的这种坦荡，这种泰然自若，这种温顺和谐与厚爱。有时候仰望蓝天，你会真想在这种甜蜜的遐想中待上几个小时，此时此刻，你的精神会变得更加自由、更加安详；它宛如一泓清水，映照出宏伟的苍穹。当感情的冲动（而且经常会有）使她脸色绯红、胸部起伏不定时，她的眼睛会像闪电似的大放异彩，仿佛要迸出火花似的，好像她的整个心灵，在一尘不染地保存着一直鼓舞着她的美的圣火的同时，全都转移到眼睛里去了。此时此刻，她显得情绪高昂，意气风发。在这突如其来的高涨热情中，她目光里的腼腆和害羞荡然无存，一下子变得豁然开朗、精神振奋，变得热情洋溢、纯情专一，同时又蕴含着许多天真的、稚气未消的东西,蕴含着许多孩子般的轻信,凡此种种,恐怕一个画家花上半生的精力也未必能捕捉到这样热情洋溢的瞬间,将这张兴奋激动的面孔搬上画布。

从我到这家的最初几天我就发现,深居简出的亚历山德拉·米哈依洛芙娜对于我的到来感到非常高兴。当时她还只有一个孩子,做母亲也不过才刚刚一年。我就等于是她的女儿,她很难把我和她自己的孩子区分开。她是多么热情地关心着我的教育啊!最初她是那样迫不及待、急于求成,列奥塔尔太太望着她不禁感到有些好笑。实际上,我们一上来什么都齐头并进,结果弄得彼此无法理解。比如,她亲自来教我,一下子教授许多内容;这许许多多的内容更多的是出于她的热情,出于她急于求成的一片好心,而不是着眼于对我的真正好处。起初,她苦于自己的教学不得方法;不过没关系,我们笑过之后决定重新再来,尽管亚历山德拉·米哈依洛芙娜第一次失败了,但她却大胆宣布,她反对列奥塔尔太太的教学理论。她们笑着,争论着,但我的新老师断然宣布她反对任何教学理论,认为我和她在摸索中一定能找到一条真正的道路,用不着死记硬背那些枯燥乏味的知识,成功的关键在于能不能开发我自身的潜力，能不能激发起我的良知——她的话是对的，因为她正在取得全面胜利。首先，从一开始，学生和老师的角色完全没有了。我们像朋友一样在一块儿学习，并且有时候好像是我在教亚历山德拉·米哈依洛芙娜，而不觉得这样有什么稀奇。因此我们之间常常发生争论，为了证明我的观点，我据理力争，争得面红耳赤，于是在不知不觉中，亚历山德拉·米哈依洛芙娜把我引上了正路。当我们最终把道理弄通时我恍然大悟，当即揭穿了亚历山德拉·米哈依洛芙娜所使用的花招；想想她花在我身上的种种努力——为了我能够受益，她常常一连几个小时地牺牲自己的精力，因此每堂课之后，我总要跑过去搂住她的脖子，紧紧地拥抱住她。我的多愁善感的个性使她在惊讶之余大受感动，甚至感到莫名其妙。她不无好奇地开始询问我的过去，想了解我以前的情况，而且当我每次讲完之后，她就变得对我更加温柔体贴，更加严肃认真——之所以更加严肃认真，是因为我的不幸的童年除了引起她的同情外，好像还使她对我增加了几分敬意。在我倾诉衷肠之后，通常我们都要进行一番长谈；通过这些长谈，她再向我解释我的过去,因此实际上过去的事我仿佛又经历了一遍,重新学到了不少东西。列奥塔尔太太常常认为这种谈话过于严肃,见我不由得流下了眼泪,便认为这眼泪流得很不是地方。我的想法则完全相反,因为上过这些课之后,我觉得非常轻松愉快,心里甜滋滋的,好像我根本就没经历过任何不幸的遭遇;此外,我特别要感激亚历山德拉·米哈依洛芙娜的是,她使我一天天地越来越懂得了自重自爱。列奥塔尔太太始终不得其解:为什么一切就这样逐渐得到了平衡,趋于和解;而在以前,我幼小的心灵只觉得事事别扭,处处碰壁,只知怨天尤人,而不知打击来自何方,因而我的心也就毫无道理地变得发起狠来。

每天我们俩总是先来到她的育婴室,把她的孩子唤醒,给他穿衣服,收拾屋子,喂他吃东西,跟他逗着玩儿,教他说话。末了,我们放下孩子,坐下来上课。我们学的东西很多,但天晓得这叫什么科目。这里什么都有,但什么都没有一定之规。我们一起阅读,互相交流心得;丢下书本,又接着搞音乐,不知不觉几个小时就过去了。晚上,亚历山德拉·米哈依洛芙娜的朋友 Б 常来,列奥塔尔太太也常来;这样往往就有了热烈的话题,我们谈艺术,谈生活(只谈我们圈子内的传闻),谈现实,谈理想,谈过去和未来;于是我们一坐就是半夜。我专心致志地听着,感情起伏,喜怒哀乐随着别人变化而变化,也就是从这些谈话中我才了解到有关我父亲和我童年时代的种种详情。与此同时,我渐渐长大了;他们给我请了教师,不过要是没有亚历山德拉·米哈依洛芙娜,恐怕我什么东西也学不到。地理老师让我指出地图上的城市与河流,我简直是两眼一片黑。可是跟亚历山德拉·米哈依洛芙娜一起学习地理,就等于我们一起四处周游,去了许多国家,见识到无数珍闻奇观,度过无数令人兴奋的、光怪陆离的时刻;我们俩学得是那么起劲,最后觉得她看过的那些书实在是不够用了:我们不得不想办法另找新书。很快,我自己也能够向老师指出各种地理位置了,不过,应该为老师说句公道话,他一直保持着相较于我的优势:他能够丝毫不差地指出某个城镇的经纬度,说出该城镇有几千几百甚至几十个居民。历史老师的薪金一向也是按时奉上,绝不拖欠。但是他走后,我和亚历山德拉·米哈依洛芙娜则按自己的方式学习历史:我们自己找书读,往往读到深夜,或者说，是亚历山德拉·米哈依洛芙娜在读，因为她负有检查书目的责任。这样读书，每次读后我都兴奋不已，这种感情以前从来没有过。我们俩都很得意，仿佛我们自己就是书里的英雄。当然，我们更多的是解读字里行间的意思，不是文字表面；另外，亚历山德拉·米哈依洛芙娜特别会讲，我们读过的内容她讲起来头头是道，好像她亲眼见过一样。我们这样如醉如痴地读书，一坐就是半夜，这也许非常可笑，但是我不在乎；我是个孩子，她的心灵受到了伤害，正承受着生活的痛苦！我知道，她在我身边就仿佛是在休息。记得有时候我望着她，会忽发奇想，反复琢磨；因此，在我开始生活之前，我可就已经领悟到生活中的许多事情。

我终于过了十三岁。这时候，亚历山德拉·米哈依洛芙娜的健康状况越来越糟，她的脾气也越来越坏，她的阵发性的忧郁症状也越来越严重。丈夫来看她的次数比以前更多了，陪她坐的时间也越来越长了，当然，仍旧跟往常一样，几乎一句话也不说，正颜厉色，面孔如铁板一般。她的命运更加引起了我的关注。我的童年生活行将结束，我脑子里已经形成许多新的印象,也有了许多新的看法、喜好与猜测;显然,这个家里的疑点使我越来越感到苦恼。有时候我觉得对这些疑点有所了解,可有时我又感到非常冷漠、无所谓,甚至非常烦恼。由于连一个答案也找不到,我便忘掉了自己的好奇心。又有的时候——而且这种情况越来越多——我有一种奇怪的感觉,需要一个人待着想一想,好好地想一想:我目前的情形,很像我跟父母住在一起的时候,当初,在遇到父亲之前,有整整一年的时间,我都在想,在思考,从自己的角度观察世界,结果在我自己所营造的虚幻世界中变得十分怪僻。区别就在于现在我更加焦躁,更加苦恼,产生更多新的、不自觉的冲动和强烈向往行动并希望一展身手的愿望,因此我无法像过去那样把精力集中在某一点上。从亚历山德拉·米哈依洛芙娜那方面来说,她好像也在疏远我。就我的年龄而言,我已经无法做她的朋友了。我询问的事情太多,有时候我看着她,逼得她只好在我面前垂下眼睛。有的时候非常奇怪,我不忍心看她流泪,因此看着她我自己也经常眼泪汪汪。我跑过去,搂着她的脖子,热烈地拥抱她。可她又能怎样回答我呢?我感觉到她非常苦恼。但是,在另外的时候——而且是痛苦忧郁的时刻——她似乎处于某种绝望之中,这时她会主动地、神经质地把我紧紧搂住,好像是在寻求我的同情,好像是她实在无法忍受自己孤独的心境,好像只有我才能够理解她,好像我们俩才是同病相怜、声应气求。但是我们之间隔着一层秘密,这是显而易见的,因此在这种时刻,我就会离她远一点儿。跟她在一起我感到非常难受。另外,已经很少有什么东西能够把我们联系在一起了,只剩下一个音乐了。但是医生不让她接触音乐。那么读书呢?然而这里的难度更大。她完全不知道该怎样与我一起阅读,我们肯定从第一页起就无法读下去,因为书中的每一个字都可能是一种暗示,每一个无关紧要的句子都是一个谜。我们两个都在回避进行单独的、推心置腹的交谈。

就在这个时候,命运突然出人意料地扭转了我的生活方向,而且所采取的方式极其古怪。我的注意力、感情、心灵、头脑——所有这一切,一下子变得几乎狂热起来,突然转向一种完全始料不及的活动,而且我自己也在不知不觉中全身心地投入一个新的世界;我无暇回顾,也来不及思考;我可能有灭顶之灾,甚至我能感觉到这一点,但是诱惑压倒了恐惧,于是我闭上眼睛,决心碰碰运气。就这样,在很长一段时间内,我脱离了现实生活;这种生活起初使我感到非常苦恼,我渴望寻找摆脱它的出路,但结果一无所获。现在,我来讲一下事情的原委及其发生的经过。

饭厅有三个出口:一个通向几个大房间,另一个通向我的房间和育儿室,第三个通往图书室。从图书室出来还有一条通道,它和我的房间隔着一间文秘室,彼得·亚历山大罗维奇的那个秘书,既做抄写员,又是帮办,平日就在这里工作。厨柜和图书室的钥匙由他保管。有一次午饭后,他不在家,我在地板上捡到了这把钥匙。出于好奇,我用这把钥匙打开了图书室的门,走了进去。这是一个相当大的房间,非常明亮,四周摆放着八个装满图书的书柜。书非常多,其中大部分是彼得·亚历山大罗维奇继承的遗产;另外一部分是亚历山德拉·米哈依洛芙娜的收藏,是她陆续购买的。在这以前,给我读的书都是经过仔细挑选的,因此不难想象,有许多东西是不允许我阅读的,对我来说是个秘密。无怪乎当我怀着无法抑制的好奇心打开第一个书柜取出第一本书的时候,我既紧张又高兴,怀着一种特殊的、难以形容的感情。这个柜子里全是长篇小说。我从中取出一部,锁上柜门,拿着书就走;这时候我的感觉非常奇怪,我的心跳一会儿加快,一会儿又几乎停止,我预感到我的生活将面临一个重大的转折。回到自己屋里后,我锁上门,打开了小说。但是我还不能阅读,我另有打算:我首先必须一劳永逸地把图书掌握在自己手里,就是说,既不让任何人知道,又能随时得到任何一本书。因此我把书又放了回去,等以后更方便的时候再拿来享用,而钥匙我得藏起来。把钥匙藏起来——这是我生平所干的第一件坏事。我等着看究竟会发生什么事,事情进展得非常顺利:彼得·亚历山大罗维奇的秘书举着蜡烛在地上从晚上一直找到深夜,最后决定第二天一早去叫个锁匠来;锁匠从自己带来的一串钥匙中给配了一把新的。事情就这样结束了,以后再也没有人提起丢钥匙的事;我呢,也特别小心谨慎,耍了个心眼,等事情过去了一个星期,确信绝对安全,不会引起任何人的怀疑之后,我才去图书室。最初我瞅准秘书不在家的时候,后来我索性从饭厅而入,因为彼得·亚历山大罗维奇的秘书只是把钥匙带在身边,跟图书从来没有进一步的接触,甚至根本就不进图书室。

我开始如饥似渴地读书,很快我就被书完全迷住了。我所有新的要求,所有不久前的向往,所有我少年时期尚处于朦胧状态的感情波动——由于我的早熟,它们在我心中是那样骚动不安、蠢蠢欲动——现在忽然一下子转到另外一个始料不及的方面了,而且持续的时间很久,好像完全得到了新的营养,又好像为自己找到了一条正确的道路。很快,我的心和脑便被完全迷住了,我的想象广阔无垠,我好像忘记了一直围绕着我的整个世界。仿佛是命运本身在我迈向新生活的门槛时把我叫住了;对于这种新的生活,我是那样孜孜以求、日盼夜想;命运在使我踏上未知之路以前,先把我领上高山之巅,让我饱览神奇全景的未来,看一看诱人的锦绣前程。我只能先从书上了解,然后再来体会这全部未来的前程,通过理想、希望、激情和少女内心甜蜜的搏动来细细品味。我最初读书毫无选择,碰到什么读什么,但是命运保护了我:迄今为止,我所了解和经历过的事情都是堂堂正正、循规蹈矩的,现在,任何居心叵测、不干不净的描写已经不能迷惑我了,我儿时的直觉、幼小的年龄和我过去的一切呵护着我。今天,意识好像突然照亮了我过去全部的生活。确实,我读过的书差不多每一页仿佛我都似曾相识,仿佛我早就有过体验;这种种激情和展现在我面前的全部生活,是那样千姿百态、光怪陆离,好像我都亲自经历过。我怎么能不被这种景象所吸引而忘掉当前的一切,几乎脱离现实生活呢?因为我读过的每一本书都展现了一种命运法则,一种人生奇遇的精神;这种精神主宰着人的生活,但又源于人类生活的某一主要法则,是吉凶、得失、祸福的条件。对于这个所谓的法则,我是心存疑虑的;因此我尽我所能地努力去猜测,运用我身上几乎是由某种自我保护意识所激发起的全部本能,尽量去揣度。我好像预先得到了通报,仿佛有人警告过我。似乎有一种未卜先知的东西钻进了我的内心,使我心中的希望一天天与日俱增,尽管与此同时我又越来越强烈地向往着这种未来,向往着从书上看到的这种生活,因为这种生活无日不在以巨大的艺术魅力和全部的诗情画意使我惊叹不已。不过,正像我已经说过的,我的幻想大大压过了我急不可待的心情,老实说,我的大胆只是表现在幻想上,实际在对待未来上我却本能地畏缩不前。

好像先跟自己约定好了似的，我无意中决定暂时先满足于幻想世界，满足于想入非非，因为在这里我可以唯我独尊，这个世界里只有清一色的诱惑和欢乐，即便有不幸存在，其作用也不过是消极被动的、过渡性的，以凸现苦尽甘来的对比，让命运来个急转弯，使我头脑中轰轰烈烈的故事走向大团圆的结局。这就是我现在对当时的情绪的理解。

这样的生活，沉湎于幻想的生活，严重脱离我周围一切的生活，居然能够持续整整三年之久！

这段生活是我的秘密，而且整整三年之后我还说不准我是不是害怕突然把这一秘密公布于世。这三年的回忆让我感到非常亲切，仿佛与我的心紧紧相连。所有这些幻想反映出我自己的地方也太明显了，以至于最后不管别的什么人的目光，哪怕对方只是无意中窥察到我的内心，都会使我感到非常尴尬和恐慌。况且所有我们这些人，我们全家，深居简出，游离于社会之外，生活在一种修道院式的寂静之中，我们每个人都情不自禁地有一种自我封闭的需要，都会把自己的活动集中在自己的身上。我的情况就是这样。这三年中，我周围毫无变化，一切依然如故。我们的生活依然是那样单调乏味——现在想来,如果我不是严守秘密,迷恋于自己的隐蔽活动,这种单调乏味的生活会侵蚀我的心灵,会把我从这个暮气沉沉的圈子里推向未知的反叛道路,这也许是一条死路。列奥塔尔太太年纪大了,几乎足不出户;孩子们还太小;Б 一直是老样子;而亚历山德拉·米哈依洛芙娜的丈夫跟以前一样,还是那样一本正经,那样难以接近,那样落落寡合。他和妻子的关系依然是那样神秘,我开始感到有一种越来越严重的不祥之兆,我越来越替亚历山德拉·米哈依洛芙娜感到害怕。她的生活毫无乐趣,枯燥乏味,我看到她的生命之火已经熄灭。她的健康状况几乎一天比一天坏。仿佛有某种绝望情绪终于钻入了她的内心;她好像生活在某种说不清道不明的重压之下,她自己也说不出这个可怕的重压是什么,而且她自己也不明白这究竟是怎么一回事,但是她却认定这是自己命中注定要背的十字架。最后,在这种暗暗的痛苦中,她的心肠变硬了,甚至她的思想也改变了,变得阴暗、忧郁了。特别使我惊讶的是,我发现:随着我年龄的增长,她好像跟我越来越疏远了,她对我的态度从躲躲闪闪竟然变成了一种无法容忍的怨恨。看来，她甚至在其他一些时候也不喜欢我；我对她来说好像有些碍手碍脚。我说过，我也开始有意疏远她，有一次，我远远地离开她，好像我也染上了她那种神秘莫测的习性。这三年我所经受的一切，我在自己的心灵、幻想、认识、希望和狂喜中所形成的一切，我一概严守秘密，滴水不漏。既然相互有了隐瞒，后来我们就再也谈不到一块儿了，尽管我觉得我对她的爱与日俱增，胜过以前。今天，当我想起她是那样地疼爱我，那样无微不至地为我操心，把满腔的爱都倾注在我的身上，并且始终信守诺言——做我的母亲时，我就忍不住流下眼泪。确实，她自己的苦恼有时使她很长时间无暇顾及我，好像把我给忘了，况且我也尽量不去打扰她，因此我的十六岁是在无人觉察的情况下到来的。但是在头脑清楚、能够比较清醒地环顾周遭的时候，亚历山德拉·米哈依洛芙娜好像忽然间开始为我操起心来；她着急地把我从我的房间里叫到她那里，就我的课程和作业向我提了一大堆问题，好像在盘问、了解我的情况，整天整天地不离开我，揣摩我的一切心思和愿望，显然在关心我的成长，关心我的现在和未来，而且怀着无限的爱心和赤诚，准备为我提供帮助。但是她已经太不了解我了,因而她的行为有时候显得过于幼稚,她的所作所为也过于露骨,做得过分明显,让人一目了然。比如,就拿我十六岁时发生的一件事来说吧,她把我的书翻了个遍,一再问我在读些什么;当她发现我阅读的范围还没有跳出十二岁儿童读物的圈子时,她仿佛突然大吃一惊。我猜到了这是怎么回事,于是仔细注意着她。整整两个星期,她好像是在开导我,试探我,了解我的智力水平和我的需求程度。最后,她决定开始行动,于是我的桌子上出现一本W.司各特[1]的《艾凡赫》,其实这本书我早已读过,至少读了三遍。起初,她小心翼翼地期待着,看我会有什么反应,她仿佛在反复掂量,生怕我会出事;最后,我们之间这种太过明显的紧张关系终于结束了;我们两个都非常兴奋,特别是我,高兴得不得了,我再也不用在她面前隐瞒什么了!当我们把小说读完后,她为我高兴得不得了。阅读时我的每一条意见都非常正确,每一点感想都非常中肯。在她的眼里,我的智力已经发展得太快了。惊讶之余,

---

[1] 英国小说家,诗人。《艾凡赫》是部取材历史的小说,陀思妥耶夫斯基对司各特有很高的评价。

她又为我感到高兴,又兴致勃勃地开始关心我的教育了——她再也不愿意和我分开了,但这不是她的意志所能决定的。命运很快又把我们分开,而且一再阻碍我们相互接近。要这样做,只需她犯一次病,旧病复发一次就够了,然后又是疏远、隐瞒、猜疑,甚至还有忌恨。

但就是在这样的情况下,偶尔也会有我们无法控制的短暂时刻。阅读、相互说几句恭维话、音乐——只需这些,我们便会忘掉一切,谈起来没完,有时候话会说得超过了限度,这时我们彼此都会感到心情沉重。仔细一想,我们面面相觑,好像都吃了一惊,既怀着好奇心,又有一种不信任感。我们两个人都有自己的限度,我们接近的程度只能到此为止,我们不敢越雷池一步,虽然我们也想跨越过去。

有一天傍晚,天黑之前,我在亚历山德拉·米哈依洛芙娜的书房里随便拿起一本书。她坐在钢琴前,在即兴弹奏一支她非常喜欢的意大利乐曲。当她最后转入咏叹调的清晰旋律时,我被沁人肺腑的音乐所吸引,开始试着小声哼唱这支曲子。很快,我完全被迷住了;我站起身,走到钢琴旁;亚历山德拉·米哈依洛芙娜似乎猜透了我的心思,随即改弹伴奏,含情脉脉地让琴声跟上我唱的每一个音符。她好像对我的嗓音竟如此丰富多变感到非常惊讶。以前我从未在她面前唱过,而且我自己也不大知道我有没有这个本领。现在我们两个人都很兴奋;我的声音越唱越大;从亚历山德拉·米哈依洛芙娜伴奏的每一个节拍中,我都能感受到她惊喜的心情不断高涨,于是我自己也来了劲头,感到热血沸腾。最后,我唱得非常成功,既有感情,又有力量;她兴奋地抓住我的双手,高兴地望着我。

"安涅塔!你的嗓音好极了,"她说,"天哪!我怎么会没有发现!"

"我自己也只是刚发现。"我喜出望外地回答说。

"愿上帝保佑你,亲爱的,我的宝贝!要感谢上帝赐予你这份天赋。谁能知道……哎呀,我的上帝,我的上帝!"

这意外的发现使她喜不自禁,简直不知道该对我说什么,不知怎么疼爱我才好。这是一个开诚相见、相互亲近的时刻,这种时刻我们之间已经很久都没有了。一小时之后,家里像过节一样。她立即派人去

请 Б。在等待 Б 的时候,我们随便打开另一本我较为熟悉的乐谱,开始演唱一首新的咏叹调。这次我心里有点儿发虚。我不愿因失败而破坏了我头一次给她留下的印象,好在我的嗓音很快鼓励和支持了我。我自己对我嗓子的实力也越来越感到惊诧,鉴于这第二次的经验,我的一切怀疑都打消了。亚历山德拉·米哈依洛芙娜惊喜万分,急忙吩咐去把孩子们叫来,连孩子们的保姆也一起叫来,最后她满腔热情地去找丈夫,把他从书房叫了出来——这在别的时候恐怕她连想都不敢想。彼得·亚历山大罗维奇赞许地听完这个消息,向我表示祝贺,并且亲自头一个宣布应该让我学习。亚历山德拉·米哈依洛芙娜听后喜出望外、万分感激,好像这是上帝给她的恩赐,她连忙跑过去亲吻丈夫的双手。最后 Б 也来了,这位老音乐家非常高兴。他很喜欢我;他谈起了我的父亲,回忆了往事;然后我在他面前唱了两三次,他郑重其事甚至有点儿神秘兮兮地宣称,我的潜力是毋庸置疑的,甚至说我也许是个人才,因此不能不让我学习。后来,他们俩一想,觉得不对,当即和亚历山德拉·米哈依洛芙娜取得一致,认为一开始就过分夸奖我是很危险的,而且我看见他们当时相互递着眼色，私下达成默契，其实他们针对我的这套鬼花招是非常幼稚和笨拙的。后来，每新唱一次，他们都尽量表现得非常沉着，甚至故意大声指出我的一些不足；看到这些，整个晚上我心里都感到十分可笑。但他们的默契没有坚持多久，而且是Б第一个改变了态度，他又高兴得按捺不住了。我从没有想到他如此地爱我。整个晚上的谈话氛围都非常友好，非常温暖。Б讲了几位著名的歌唱家和演奏家的生平历史；他讲得非常动情，怀着艺术家的真诚，感人肺腑。后来，谈到了我父亲，话题转到我身上，谈到我的童年，谈到公爵，谈到自打我离开后很少听到的公爵的全家。但关于公爵，亚历山德拉·米哈依洛芙娜知道得不多。知道情况最多的是Б，因为他去过莫斯科多次。但是谈话在这里转换了方向，转向一个神秘的、我猜不透的方面，特别是涉及公爵的两三个地方，我听来简直感到莫名其妙。亚历山德拉·米哈依洛芙娜开始提到卡佳，但关于她的情况Б几乎什么都没有谈，好像也在有意避开她的话题。这使我感到非常惊讶。我没有忘记卡佳，对她昔日的情意不仅没有消失，甚至完全相反：我从没有想过卡佳会有什么变化。直到现在，我一直忽略了我们已经分手，忽略了我们天各一方的悠悠岁月，忽略了我们彼此长期音信全无，也忽略了我们受的教育和我们的性格的差异。总之，在精神上卡佳从没有离开过我：她好像仍然一直和我住在一起；特别是在我的种种遐想中，在我所有的故事和幻想奇遇中，我们始终寸步不离，携手同行。我把自己想象成我读过的每一部小说的女主人公，同时把我的好友小郡主安插在我的身边，这样将小说一分为二，其中一个部分当然是我创造的，尽管我在毫不留情地剽窃我心爱的作家的创作。最后，我们的家庭会议决定，请一位老师教我声乐。Б 推荐了最著名的也是最好的一位。第二天我们家便来了一个意大利人 Д，他听我唱了以后，发表的意见跟他的朋友 Б 一模一样，但是他随即表示，我最好能跟他其他的几个女学生一起学习，这样对我会大有好处，有助于提高我的音乐素养，通过竞争，可以取长补短，而且一切条件完备齐全。亚历山德拉·米哈依洛芙娜表示同意；从此，每周三次，上午八点钟，由一名女佣陪我去音乐学校上课。

现在我要讲一件我的奇遇，它对我的影响实在太大,而且就在我进入新的成长期的时候,我身上发生了急剧的变化。当时我已满十六岁,我心里突然有一种莫名其妙的落寞感;我自己也不明白是怎么回事,心里总觉得没着没落的,苦闷极了,日子十分难熬。我的种种幻想、种种冲动一下子全没了,连想入非非的劲头好像也没有了。往日幼稚的热情被冷漠所取代,甚至我非常爱戴的人所认可的我的天赋才能,我也不再珍惜了,我根本不拿它当成一回事。我对什么都不感兴趣,甚至对亚历山德拉·米哈依洛芙娜也漠不关心、冷若冰霜,我责备自己,因为我无法否认这一点。我的这种冷漠情绪常常被无名的忧愁和突如其来的泪水打断。我只想一个人待着。就在这样一个莫名其妙的时刻,一件怪事把我整个的心彻底给搅乱了,把一潭死水变成了真正的暴风骤雨。我的心被伤害了……下面就是事情的经过。

七

我走进图书室（这将是我永远铭记在心的时刻），拿了 W. 司各特的长篇小说《圣罗南之泉》[1]，这是我尚未读过的一部小说。记得有一种莫名其妙的、撕心裂肺的痛苦在折磨着我，很像是一种什么预感。我非常想哭。夕阳的余晖透过高高的窗户，斜照在闪闪发光的拼花地板上，室内被照得通明透亮；万籁俱寂，悄无声息；周围和邻近的各屋也空无一人。彼得·亚历山大罗维奇不在家，而亚历山德拉·米哈依洛芙娜卧病在床。我打开小说的第二部分，漫无目的地翻阅起

---

[1] 1824 年，长篇小说《圣罗南之泉》的法译本在莫斯科和彼得堡的书店里已经出现。1861 年陀思妥耶夫斯基在一篇文章中写道："我读了卡拉罗·摩勃莱的故事……大受感动，不能自已，至今想起那几个傍晚，心里仍不免感到震颤。"

来,竭力想从浮现在我眼前的只言片语中寻找某种含义;我确实哭了。我随手打开书,像人们求神问卜那样。在这样的时刻,人们全部的心智力量都处于异常亢奋状态,思想的火焰一下子就要被点燃起来,而且就在这一瞬间,一种未卜先知的东西会出现在被震撼者的梦幻之中,好像他已吃够了对未来预感的苦头,被弄得心力交瘁、疲惫不堪。生活是那么令人向往,您的整个身心都在渴望着它;您心潮澎湃,怀着最热烈、最盲目的希望,仿佛在召唤着未来,带着它全部的秘密和未知,即使伴随着狂风暴雨,也在所不惜,但一定得是生活。这就是我走进图书室那一刻的心情。

只记得,我合上书就是为了再随手打开它,算一算我未来的命运,读读我打开的那一页上写的什么。但是打开书后,我看到的是一张被折成四分之一大小的写满字的信纸;它被压得非常平实,好像夹在书中被忘记已有好多年了。我怀着极大的好奇心开始察看我的这个发现。这是一封书信,没有地址,落款只有两个打头的字母 C. O.。这更加引起了我的注意。我把这张几乎粘在一起的信纸展开,由于它长期被夹在书里,书页上留下了与其大小一样的明显痕迹。信纸的折叠处被磨损得很厉害,有点儿模糊不清:显然,过去时常有人翻看,视为珍宝。墨水由青变蓝,已经褪了颜色——写信的时间毕竟太久远了!有几个字偶然映入了我的眼帘,我的心顿时紧张起来。我拿着信,踌躇再三,好像有意在拖延读信的时间。我无意中把信举到亮处:果然不错!信纸上字里行间有几滴已经干了的泪痕,有的地方整个字母都被泪水浸湿过。这是谁的眼泪呢?最后,我屏住呼吸读完了上半页信,一声惊叫从我的喉咙中冲了出来。我将书放回原处,把柜子锁上,信藏在头巾下,跑回自己的屋里,把门一锁,重新从头读起来。但我的心在激烈地跳动,我眼前的词语和字母也在不停地晃动。很长时间我什么也没有看明白。信的内容令人大开眼界,揭开了一个秘密;它像闪电一样使我大吃一惊,因为我知道信是写给谁的了。我知道,读了这封信,我几乎等于是在犯罪;但此时此刻,我实在无法控制自己了!信是写给亚历山德拉·米哈依洛芙娜的。

我现在就来引述这封信的内容。我模模糊糊懂得了信中写的是什么,因此后来很长一段时间,我无法摆脱内心的疑虑和苦苦的思考。从这个时候起,我的生活好像发生了重大转折。我的心受到了很大的震动，愤懑之情久久无法平静，几乎永远都不能消除，因为这封信引起了一连串的后果。我对未来的猜想是正确的。

这是一封诀别信——幽愁暗恨，令人触目惊心；当我读完信，我感到我的心被人揪住了一般难受，好像是我自己失去了一切，好像一切都从我身边丢失了，包括幻想和希望，好像除了一条多余的生命，我身上再也没有剩下什么了。写这封信的人是谁呢？亚历山德拉·米哈依洛芙娜的生活后来怎么样了呢？信中有那么多的暗示和指证，事情绝不会弄错，但同时又有那么多的疑团，令人迷惑不解。我应该没有弄错，更何况，能说明许多问题的信的行文风格也披露出了两颗破碎的心联系的全部性质。写信人的思想、感情溢于言表。它们太非同一般了，我已经说过，为解开这些疑团提供的线索实在太多了。信就在我手边，现在我把它逐字逐句，照录于下：

你说你不会忘记我——我相信，那么从现在起，我的整个生命全靠你的这句话了。我们的缘分已尽,我们必须分手!我早就知道这一点,我恬静哀怨的美人,但只是到现在我才明白过来。在我们整个这段时期,在你爱我的整个时期,我为我们的爱情真是愁肠百结、忧心如焚,这你能相信吗?现在我好受些了!我早就知道事情会有这样的结局,这是早就命中注定了的!是命该如此!听我说,亚历山德拉:我们不相称;我一直有这个感觉!我配不上你,因此是我,是我一个人应当为自己所得到的幸福受到惩罚!告诉我:在你了解我之前我在你面前是个什么呢!天哪!转眼间已经两年过去了,至今我好像还有些神魂颠倒;我一直弄不明白你竟然爱上了我!我不明白我们是怎么达到事情开始的程度的。你可记得,我和你比能算得了什么呢?我配得上你吗?我有什么可取之处,有什么出类拔萃的地方?见到你之前,我是个粗人,头脑简单,看上去愁眉苦脸、意懒心灰。我无意要过另外一种生活,既不去想它,也不想召唤它。我心中的一切好像全都被压抑住了,因此,除了平时手头急需办的事情外,我不知道世上还有什么更重要的事。我要操心的只有一件事——明天,其实对这件事我也很淡漠。从前,那是很久以前了,我还有过些梦想,像傻瓜一样曾经想入非非。但从那以后过去了许多时日,我一直一个人过日子,过的是刻板、平静的生活,甚至都感觉不出我的心在严寒中已经变得冰冷了。它沉睡过去了,因为我知道而且断定,对我来说太阳永远不会打西边出来;我相信这一点,而且毫无怨言,因为我知道命该如此。当你从我身边走过的时候,我竟然不知道我可以斗胆看上你一眼。当时我在你面前,像是一名奴隶。在你身边,我的心既不颤抖,也无痛楚,没有向我传递关于你的信息:它安之若素,没有洞悉你的心灵,虽然它在自己漂亮的姐妹身边感到很欣慰。我知道这一点,我隐隐约约地觉察到这一点。我之所以有此感觉,那是因为即使是一棵最不起眼的小草,也应该享受到阳光,得到温暖,受到抚爱,就像这棵蔫头耷脑、可怜兮兮的小草旁边的鲜花那样。当我了解到一切之后——我被惊得目瞪口呆、头晕目眩,我心里乱作了一团,你知道吗?我是那样地震惊,那样地不敢相信自己,简直不明白你是怎么想的!这事我以前从未对你说过。你一无所知,以前我不是你看到我时的样子。如果我能够这样做,如果我敢于说出来,我早就统统告诉你了。但是我没有说,保持沉默,而现在我把一切都说出来,为的是让你知道你离开的人是谁,和你分手的又是怎样一个人!你知道最初我是怎样理解你的吗?欲念像火一样在我身上燃烧,它像毒药注进了我的血液;它搅乱了我整个的思想与感情,我如醉如痴,如堕五里雾中,不是以平等的身份,不是以无愧于你的纯洁爱情的态度,而是不自觉地、心不在焉地对待你纯洁的**怜爱**之情。我不了解你。我把你当成我心目中**为我所倾倒**的人了,而没有把你当成一心想把我提高到你自己的高度的人来看待。你知道我对你有过什么怀疑吗?你知道"为我所倾倒"是什么意思吗?啊,不,我不能用我的坦白来侮辱你;我只想对你说一句：你把我大大看错了！我永远不能达到你的高度，永远不能。在我了解了你之后，我只能怀着无限的爱意望尘莫及地凝视着你，但这并不能弥补我的过失。被你提高了的我的欲念并非爱情——我怕爱情；我不敢爱你；爱情应该是相互的、平等的，可我配不上这些……我甚至不知道自己是怎么了！啊！这叫我怎么对你说呢，怎么让你明白我的意思呢！……最初我不相信……啊！你可记得，当我最初的激动之情平静下来，我的目光变得清晰明亮，心中只剩下最纯真无邪的感情时——我的第一个反应便是惊讶、难堪和惶恐，我忽然大哭起来，一下子扑倒在你的脚下，这些你是否记得？你可否记得，当时，你，又害怕，又难为情，含着眼泪问我：怎么啦？我默默无语，我无言以对；但是我的心都被扯碎了；我的幸福像一种不堪承受的重负压得我透不过气来，我的哭声仿佛在说："凭什么我能得到这些？我有什么资格得到这些？我有什么理由得到这种幸福？"我的姐妹呀，我的姐妹呀！噢！有多少次——这你不知道——我偷偷地亲吻过你的衣服;之所以偷偷地,是因为我知道我配不上你——于是我屏住呼吸,我的心跳得缓慢而有力,仿佛要停止下来,永远不跳似的。当我拉住你的手时,我脸色发白,浑身打战;你的坦荡胸怀使我自感羞愧,无地自容。啊,我多么想能一吐为快,可是我不善言辞,难以表达我心中的千言万语!你可知道,有时候你对我的怜爱和一如既往的同情使我感到多么难受和痛苦吗?当你吻我的时候(有过一次,我永志不忘)——泪水蒙住了我的眼睛,刹那间我的整个心都感到一阵剧痛。此时此刻我为什么不死在你的脚下呢?瞧,我现在以"你"相称,尽管你早就让我这样做了。你明白我想说什么吗?我想把一切都告诉你,而且现在就说:是的,你对我钟爱有加,你曾经以兄弟姊妹间的情谊那样爱过我,你曾经把我当作自己的创造那样爱过我,因为你使我的心得到了复活,唤醒了我沉睡的良知,在我的心中注入了甜蜜的希望;这是我所不能的,我也没有这个胆量;迄今为止,我从没有把你称作我的姐妹,这是因为我不配做你的兄弟,因为我们不相称,因为你看错了我!

可是,你看,我写的全是你,即使是现在,在这大难临头的时刻,我心里想着的也只是你一人,虽然我也知道你正在为我感到万般苦恼。啊,我亲爱的朋友,请不要为我苦恼!你可知道,现在我自己有多么看不起自己啊!这一切全都公开了,闹得沸沸扬扬、满城风雨!因为我,人们躲着你,他们看不起你,嘲笑你,因为在他们看来,我这个人实在是太低下了!啊,这全都怪我,怪我配不上你!如果我在他们的眼里是一位显要,具有个人威望,使他们觉得必须更尊重我一些,他们是会原谅你的!但是我这个人很卑贱,微不足道,可笑之至,再没有什么比可笑更为人所不齿的了。不是已经有人在大喊大叫吗?正是因为**这些人**已经开始叫嚷起来,我才感到大为泄气;我一向软弱。你可知道眼下我的处境如何:我自己在笑自己,而且我觉得他们说得很对,因为甚至我自己都觉得自己既可笑，又可恨。我感觉到了这一点；我甚至讨厌自己的面孔和身影，讨厌自己的种种习惯和不良作风；我一向都非常讨厌这一切！啊，请原谅我这种粗鲁的绝望心态！是你自己教我把一切都告诉你的。是我毁了你，是我给你招来了憎恨和嘲笑，因为我配不上你。

我正是因这一想法而万般苦恼；它在我脑海里不停地碰撞，它撕扯和伤害着我的心。我总觉得你爱的不是你想在我身上找到的那个人，你把我看错了。这才是我感到痛心的地方，也是我至今所苦恼的问题；这个问题一直折磨着我，想必要把我折磨到死，或者把我折磨致疯！

别了，永别了！现在，当一切都已公开，人们吵吵嚷嚷、议论纷纷（我已有耳闻）的时候，当我在自己的心目中也变得非常渺小、轻贱的时候，我为自己感到羞愧，甚至也为你，为你的选择感到羞愧；我诅咒自己；现在，为了使你能得到安宁，我必须逃之夭夭，销声匿迹。人们要求我这样做，因此今后你再也见不到我了，永远见不到了！必须这样做，这是命中注定的！我被给予的东西太多了；命运做错了安排；现在它要纠正错误，把一切再夺回去。我们邂逅，彼此相知，如今却要各奔东西，何时能够再相会呢！即使有相会的一天，又能在何处呢？啊，告诉我，我的亲人，我们相见在何地，我到哪里去找你，怎样打听你的下落，到时候你还认识我吗？你占据了我整个心房。啊，为什么要这样对待我们，这是为什么呀？我们为何要分开呢？请教教我，因为我不明白，我无法理解，怎么也无法理解；请教教我，怎样才能把一个生命撕成两半，怎样把心从胸膛中掏出来，过没心没肺的日子？啊，以后要是想起永远永远再也见不到你时我该怎么办啊！……

　　天哪，他们闹得满城风雨！现在我真是为你担心！我刚才遇见了你的丈夫：我们俩对他都于心有愧，尽管我们在他面前是无罪的。他什么都知道；他对我们一清二楚；他全都明白,以前他也清清楚楚,了如指掌。他勇敢地维护了你;他会解救你的;他将保护你,使你免受那些风言风语和大喊大叫的伤害;他非常爱你,无限崇敬你;他是你的救星,而我却要逃之夭夭! ……我跑到他面前,想亲吻他的手! ……他对我说,希望我立即动身。事情就这样定了! 据说,为了你的事,他跟他们所有人都吵翻了,因为他们全都反对你! 他们指责他姑息养奸、软弱无能。我的天哪! 他们还说你什么来着? 他们不知道,他们**根本无法理解,也不可能理解**这件事! 原谅他们,可怜的人,原谅他们吧,就像我原谅他们那样;而他们从我这里拿走的要比从你那里拿走的更多!

我心里很乱,我也不知道给你都写了些什么。昨天分别时我对你都说了些什么? 我全不记得了。当时你在哭,我心乱如麻、六神无主……请原谅我,让你流了那么多的眼泪! 我真是太软弱、太缺乏毅力了!

我还有话想对你说……啊! 哪怕再有一次机会让我把泪水洒落在你的手上,就像现在洒落在我这封信上一样该有多好啊!我多么想能够再次拜倒在你的脚下!但愿**他**能够知道你的感情是多么美好!但是他们都是瞎子;他们心高气傲、盛气凌人;他们看不到,也永远看不到这一点。他们**没有这个眼力!**他们不相信你是清白无辜的,哪怕是在他们的法庭面前,哪怕是世上的一切都向他们发誓,他们也不会相信。他们哪能够理解得了呀!他们将如何责难你呢?由谁来首先发难呢?啊,他们不会心慈手软,他们会群起而攻之!他们一定敢于发难,因为他们知道该如何做。他们将同声谴责,还会说他们自己完全是无辜的,真是罪过啊!噢,但愿他们能够知道自己干的是什么!但愿能够把一切都毫无隐瞒地告诉他们,让他们看一看,听一听,明白过来,相信事情的真相!不,他们并非那么恶毒……我现在是穷途末路、一筹莫展,也许我诋毁了他们,把他们说得太坏了!也许我在用自己的担心吓唬你!不要怕,我亲爱的,不用怕他们!人们会理解你的;最后,已经有一个人理解你了,放心吧——他就是你的丈夫!

别了,别了!我不谢你了!永别了!

C. O.

我羞惭得无地自容,很长时间我都不明白自己发生了什么事。我感到震惊,又觉得害怕。我在轻松的幻想生活中已经过了三年,然而现实却使我大吃一惊,弄得我猝不及防。我惶恐不安地感到自己手里掌握着一大秘密,这个秘密跟我的整个存在已经是密切相关……怎么个相关法呢?我自己也还不甚了了。我感到,对于我来说,新的未来只有从这个时候起才算开始。现在,我无意中深深介入了一些人的生活和关系之中,他们在此之前构成了我周围的整个世界;因此,我很为自己担心。我,一个不速之客,和他们非亲非故,我靠什么走进他们的生活呢?我能给他们带来什么呢?如此突然把我和他人的秘密纠缠在一起的乱麻将怎样解开呢?谁能够知道呢?也许我这个新角色对于我、对于他们都将是痛苦的。可我又不能什么也不说,拒绝扮演这个角色,把我所知道的情况永远埋在我的心里。但我又能怎样呢?我该怎么办?说到底,我又了解些什么呢？成千上万个还模糊不清的问题摆在我的面前，它们已经急不可待地占据了我的心房。我实在不知就里，十分茫然。

后来，我记得，有些时候我产生一些新的、以前从未有过的古怪印象。我感到好像我胸中的一个什么东西已经被化解开了，原先的烦闷与苦恼忽然一下子从心头消失了，代之而来的是一种新的感觉，一种以前我没有体验过的感觉——不知是应该为之高兴还是悲伤的感觉。我此时的心情，很像是一个人将要永远离开自己的家门，告别以前一直过惯了的平静安稳的生活，踏上远方未知的行程；这时，他最后一次环顾四周，心里暗暗在与自己的过去告别，同时对茫然无知的未来又怀有一种惆怅的预感，一阵苦涩袭上了心头；新的道路上等待着他的也许是重重难关、虎穴龙潭。最后，我开始号啕大哭，经过这阵癫狂的发作，我的心才平静了下来。我需要见人，需要听人说话，需要跟人拥抱，紧紧地、热烈地拥抱。现在，我不能够，也不愿意一个人待着；我跑去找亚历山德拉·米哈依洛芙娜，在她那里待了一整个晚上。只有我们两个人。我求她不要弹琴，我自己也不愿演唱，尽管她一再地请我唱。我忽然觉得一切都非常沉重,心里沉甸甸的,什么事情都集中不了精力。我和她好像都哭了。只记得我可是把她给吓坏了。她劝我一定要安下心来,不要自寻烦恼。她惶恐不安地关照着我,说我身体有病,不知道保重自己。最后,我离开了她,只觉得心力交瘁、疲惫不堪;我感到有点儿神情恍惚,躺到床上时只感到一阵儿热、一阵儿冷的。

几天后,我的情绪才稳定下来,我能够较清楚地考虑自己的处境了。在这期间,我们俩——我和亚历山德拉·米哈依洛芙娜——过的完全是离群索居的生活。彼得·亚历山大罗维奇不在彼得堡。他到莫斯科办事去了,在那里待了三个星期。尽管分开的时间不长,但亚历山德拉·米哈依洛芙娜却异常思念他。有时候她也会变得比较安静,需要一个人待在屋子里,可见我也成了她的累赘,不过我自己也喜欢一个人待着。我的头脑处于一种病态的紧张状态,我仿佛处于云雾笼罩之中。有时我会长时间地被痛苦的、无法排遣的思虑所困扰;我梦见好像有人在暗地里嘲笑我,仿佛有什么东西钻进了我的身体,正在搅乱和毒化我的每一个想法。我无法摆脱不时在我眼前晃动、使我不得安宁的痛苦的形象。我看到的是长期无法摆脱的痛苦,是磨难,是逆来顺受的无谓牺牲。我觉得,承受这种牺牲的人正在蔑视和嘲笑它。我觉得自己看到了罪犯宽恕好人的情景,这使我肝肠寸断、五内俱焚!与此同时,我竭力想打消自己的怀疑;我诅咒这种怀疑,痛恨自己不是把确切的看法,而只是把一些预感当成了自己全部的观点,痛恨自己不能向自己证明这些印象是正确的。

后来,我在脑子里反复琢磨这些语句,这些最后诀别的椎心泣血的喊叫。我想象得出这个"不相称"的人,我竭力猜想"不相称"这个词的全部痛苦的含义。"我为自己感到羞愧,甚至也为你,为你的选择感到羞愧",这种绝望的诀别使我触目惊心,感到万般苦恼。这是怎么一回事?他们是什么人?他们在思念什么,苦恼什么,失去的又是什么?我克制住自己的感情,又聚精会神地把这封信重读一遍,信中充满了绝望的情绪,令人痛心入骨、黯然神伤,但是信的含义对于我来说是那么古怪,那么难以理解。信几次从我的手中落下,我那颗悬着的心越来越失去了安宁⋯⋯这一切最后总应该有个结果,可是我看不到出路,或者是害怕看到它！

我几乎完全病倒了，就在这个时候，有一天，我们院子里传来了马车的声音，是彼得·亚历山大罗维奇从莫斯科回来了。亚历山德拉·米哈依洛芙娜高兴得叫着，向丈夫跑去，可我却站在原地，呆若木鸡。记得我着实被我自己这种突如其来的激动心情吓了一跳。我忍耐不住，跑回了自己的房间。我不明白我为什么突然感到如此害怕，但是我为这种害怕感到担心。一刻钟后我被叫了去，他们转交给我一封公爵的信。在客厅里，我遇见一个我不认识的人，他是跟彼得·亚历山大罗维奇从莫斯科一起来的，我从听到的几句话中得知，他要在我们这里长住下去。他是受公爵的全权委托，来彼得堡处理公爵家的一些重要事务的，这类事务以前一直由彼得·亚历山大罗维奇经管。他把公爵的信递给我，又说小郡主也想写信给我，直到最后一分钟还说信是一定要写的，但直到他临走前，她还是两手空空，只是请他给我带个口信，就说她实在不知道给我写什么，写来写去，什么也没写出来，却写坏了五张信纸，被统统撕成了碎片，最后，说要相互通信，必须重新做朋友才行。小郡主还托他告诉我,要我相信我和她很快就会见面的。那位我不认识的先生回答了我急于要知道的问题,说很快会见面的消息是千真万确的,公爵全家很快就要动身来彼得堡。这个消息使我高兴得不得了,我赶紧回到自己的房间,把门锁好,流着眼泪拆开了公爵的信。公爵答应我很快就能跟他和卡佳见面,并且真心实意地为我的音乐才能表示祝贺;最后,他祝我前途无量,答应替我安排。我一边读信一边哭,但是甜蜜的眼泪夹杂着一种令人心碎的愁思,以致我记得当时我真是为自己感到害怕;我自己也不知道我这是怎么了。

几天过去了。我隔壁的房间以前由彼得·亚历山大罗维奇的秘书使用,现在是新来的那位先生在那里工作;他每天上午必到,而且常常工作到深夜。他们常常在彼得·亚历山大罗维奇的书房里关起门来,一起工作。有一次午饭后,亚历山德拉·米哈依洛芙娜让我到她丈夫的书房去,问他是不是要跟我们一起喝茶。我见书房里没人,心想彼得·亚历山大罗维奇很快就会回来,于是就站在那里等着。书房墙上挂着他的画像。记得我看到这幅画像时,不禁打了一个激灵,然后怀着我自己也莫名其妙的激动心情开始仔细地打量起来。画像挂得相当高,况且光线又相当暗,为了看着方便,我把椅子搬到近处,站到了上面。我很想找到些什么,好像希望能解开我心中的疑团;记得最使我感到惊讶的是画像上的那双眼睛。我当时就愣住了,因为我几乎从未看见过这个人的眼睛:他总是把眼睛隐藏在眼镜后面。

我小时候就不喜欢他的目光,这是一种莫名其妙的奇怪的成见,但是这种成见现在好像被证实了。我的想象犹如乐器定好了调。我突然觉得画像上的这双眼睛在我咄咄逼人的目光的直视下,难堪地转向了一边,尽量避开我的目光;这双眼睛里包藏着虚假和欺骗;我觉得自己猜了个正着,我不知道我的猜测在我心中引起了怎样暗暗的喜悦。我从心里发出一声轻微的喊叫。这时我听到身后有一种窸窸窣窣的声音。我回身一看:彼得·亚历山大罗维奇就站在我的面前,正仔细地注视着我。我觉得他的脸突然变红了。我脸上一阵儿发热,急忙从椅子上跳下来。

"您在这儿干什么?"他厉声问道,"您来这儿做什么?"

我不知道该如何回答。我稳了稳神,告诉他是亚历山德拉·米哈依洛芙娜叫我来的。我不记得他是怎么回答我的,也不记得我是怎样走出书房的;待我到了亚历山德拉·米哈依洛芙娜那里时,我已经压根儿忘记了她在等着我的回音呢,我只是随便说了声:他会来的。

"你怎么啦,涅朵奇卡?"她问道,"瞧你脸红的。你怎么啦?"

"我也不知道……我走得快了……"我回答说。

"彼得·亚历山大罗维奇跟你说什么了?"她不好意思地打断了我的话。

我没有回答。这时传来了彼得·亚历山大罗维奇的脚步声,我连忙离开屋子。我忧心如焚地等了足足两个小时。最后,终于有人来叫我到亚历山德拉·米哈依洛芙娜那里去了。亚历山德拉·米哈依洛芙娜一声不吭,显得心事重重。我走进屋里时,她迅速而好奇地看了我一眼,不过立刻便垂下了眼睑。我觉得她脸上有一种尴尬的神情。很快我就发现她的心情非常不好,她少言寡语,连看都不看我一下;面对 Б 的关心问候,她只是抱怨她感到头痛。彼得·亚历山大罗维奇的话比平时要多,但他只是跟 Б 一个人交谈。

亚历山德拉·米哈依洛芙娜漫不经心地走到钢琴前。

"随便给我们唱点儿什么吧。"Б 转身对我说。

"是啊,安涅塔,把你那首新的咏叹调唱一下吧。"亚历山德拉·米哈依洛芙娜随声附和地说,她好像因找到了个话茬而变得高兴起来。

我瞧了她一眼:她惴惴不安地望着我,期待着我。

但是我不会控制自己的感情。我不仅没有走到钢琴前随便唱点儿什么,应付一下,反而觉得非常为难,心乱如麻地不知道该如何加以推托;最后,苦恼之余,我一横心,干脆拒绝了事。

"你为什么不愿意唱?"亚历山德拉·米哈依洛芙娜说。她意味深长地看了我一眼,同时也瞥了丈夫一眼。

她这两眼使我实在按捺不住自己心头的怒火。我心烦意乱地从桌旁站起来,已经不再掩饰内心的恼怒,急躁和心烦使我浑身发抖,我火冒三丈地再次申明:我不愿唱,我不能唱,我身体不好。我说这话的时候,横眉面对着大家,但是只有上帝知道,此时此刻,我多么想待在自己的屋内,避开所有的人。

Б 非常惊讶,亚历山德拉·米哈依洛芙娜显然很不高兴,一句话不说。这时,彼得·亚历山大罗维奇突然从椅子上站起身,说他忘记了一件事,而且看来他为耽误了时间感到很愧惜,于是匆匆走出屋子,还特意表示他可能晚些时候再过来,不过,怕万一来不了,这才握了握 Б 的手,以示告别。

"您这到底算怎么回事?"Б 问道,"从脸色上看,您真的像是生病了。"

"对,我身体不好,非常不好。"我很不耐烦地回答说。

"的确,你的脸色很苍白,可是刚才你的脸还那么红。"亚历山德拉·米哈依洛芙娜说到这里,突然把话打住了。

"别再说了!"我说,然后径直向她走去,死死盯住她的眼睛。可怜的她受不了我的目光,像做错了事似的垂下了眼睑,她苍白的双颊泛起了淡淡的红晕。我拉起她的手,吻了一下。亚历山德拉·米哈依洛芙娜望着我,露出真诚、天真的喜悦心情。"请原谅我,我今天的表现非常恶劣,是个很坏的孩子,"我带着感情对她说,"不过,我身体有病却是真的。请不要生我的气,让我走吧……"

"我们大家都是孩子,"她带着腼腆的微笑说,"我也是个孩子,而且更坏,比你坏得多。"她对着我的耳朵补充说:"再见,祝你健康不过,看在上帝的分上,别生我的气。"

"为什么要生气?"我问道,她的真诚坦白使我大为惊讶。

"为什么要生气?"她非常不好意思地又重复一遍,简直好像自己把自己吓了一跳,"为什么生气?唉,你瞧,我就是这么个人,涅朵奇卡。我这跟你说的是什么呀!去吧!我没你聪明……可我比孩子还坏。"

"好了,别说了。"我非常感动,不知该对她说什么好。我再次吻了吻她,然后急匆匆地走出屋子。

我肝肠寸断,不堪其忧;加上我非常恨我自己,深感自己太不小心,不会为人处世。我悔恨交加,饮泣吞声,最后悲悲切切,进入了梦境。早上醒来,我的第一个念头就是:昨天整个晚上——纯粹是一种幻觉,是海市蜃楼,是我们在故弄玄虚,混淆视听,急着把一些鸡毛蒜皮的小事当成了天缘奇遇,这都是因为我们没有经验,在接受外部印象方面还不够习惯。我觉得这全都怪那封信，它搅得我坐立不安、心神不定，我的思绪都被它搞乱了，于是我打定主意，以后最好还是不再想它为妙。一旦决心下定，以这种快刀斩乱麻的轻而易举的方式消除了自己满腹的苦恼，并且确信同样我也能够轻而易举地完成自己的决定，我的心情顿时平静了许多，到我去上声乐课的时候，我已经是高高兴兴的了。早晨的空气使我的头脑彻底变清醒了。我很喜欢早晨徒步到老师那里去。八点多的时候，城市已经完全活跃起来，人们忙碌地开始了普通一天的生活，这时候在市内走街串巷，实在是一大乐事。通常我们总是走最繁忙、最热闹的街道；在这样的环境中开始我的艺术生涯，我感到非常好。一方面是日常生活琐事，虽然微不足道，但却非常忙碌；另一方面是距这种生活近在咫尺的等待着我的艺术天地——就在一幢大楼的三层上。这幢楼房里从上到下住满了在我看来与任何艺术都毫不相干的人。我夹着乐谱在这些行色匆匆的路人中间走过；送我上课的老仆娜塔莉亚每次都向我提出一个神秘的问题，让我解答，比如，她想得最多的是什么？还有，我的老师——他生性怪异，有一半意大利血统和一半法国血统，他有时候热情很高,但更多的时候表现得迂腐之至,简直吝啬得要命——这一切,我都觉得很有意思,引我发笑,使我沉思。加上我虽然生来胆小,但我热爱自己的艺术,并寄予厚望,构筑了种种空中楼阁,为自己勾勒出最美妙的前程,往往在回家的途中被自己的幻想烤得火烧火燎的。总之,在这样的时刻,我差不多总是感到非常幸福。

这次我恰巧碰到了这样的时刻,当时正值我十点钟下课回家的时候。记得当时我正在想一件什么事情,兴致很高,别的什么都忘记了。但是突然,在我上楼梯的时候,我被吓了一哆嗦,好像被什么烫着了似的。我前面传来了彼得·亚历山大罗维奇的声音,他这时正在下楼梯。我顿时产生一种不愉快的感觉,而且非常强烈,一想起昨天的事,我就气不打一处来,我实在无法掩盖自己内心的愤怒。我向他稍微点了点头,大概这时我脸上的表情过于外露了,他惊讶地在我面前止住了脚步。我注意到他的这一举动,便红着脸,急忙走上楼去。他在我背后嘟囔了句什么,然后扬长而去。

我悔恨交加,简直想大哭一场;我不明白自己究竟是怎么回事。整个上午我都心神不定,不知怎样才能尽快地结束和摆脱这一切。我曾千百次地决心遇事要理智一些,却千百次地被恐惧所征服。我觉得自己非常憎恶亚历山德拉·米哈依洛芙娜的丈夫,同时又感到自己实在无可奈何。这次由于情绪上连受波动,我当真闹出病来,再也无法控制自己的感情了。我开始讨厌所有的人;整个上午我一直坐在自己的屋内,连亚历山德拉·米哈依洛芙娜那里也不去。后来她自己到我这里来了。她一看见我,差一点儿没叫起来。我的脸色是那样苍白,一照镜子,连我自己都吓了一跳。亚历山德拉·米哈依洛芙娜在我这里待了整整一个小时,像照看小孩子那样照料我。

但是她的这种关心使我感到非常忧伤,她的疼爱使我感到特别难受,看着她,我真是于心不忍,于是我只好求她让我一个人待一会儿。她走时对我非常不放心。最后,我的烦闷与苦恼都化作了泪水,在一次犯病过后才得到了消解。傍晚时分,我感到好一些……

我感到好一些,是因为我决心要去找她。我要跪倒在她的面前,把她丢失的那封信还给她,并且向她承认一切：承认我经受的全部痛苦和种种怀疑；我要怀着自己身上迸发出来的全部无限的爱，拥抱她，拥抱我的这位受难者；告诉她，我是她的孩子，是她的朋友，我的心对她是完全敞开的，希望她能够看一看，看看那里有多少对她最炽热、最坚贞的感情。我的天哪！我知道，我感觉得到，我是她最后一个可以敞开心扉的人了。但也正是这个缘故，我觉得，补救的可能性会更大一些，我的话的分量也许会大一些……虽然光线黑暗，看不清楚，但是我理解她内心的痛苦，而且一想到她可能在我面前会感到脸红，怕受到我的指责，我心里就愤愤不平，就怒不可遏……真是倒霉，我可怜的亚历山德拉·米哈依洛芙娜，那能是你的错吗？我这就去扑倒在她的脚下，哭着告诉她这句话。我身上的正义感被激发了起来，我满腔怒火。我不知道自己会做出什么事来；只是后来我才有所醒悟，是一件意外的事情在我刚要迈出第一步的时候阻止了我，使我和她免遭一场灭顶之灾。我当时被吓坏了，否则就她那颗受伤的心，哪还有复活的希望呢？我会一下子把她置于死地的！

事情是这样：我正走到离亚历山德拉·米哈依洛

芙娜的起居室两间屋子远的地方,这时彼得·亚历山大罗维奇从旁边的一道门里出来;他走在我的前头,没有看见我。他也是要到亚历山德拉·米哈依洛芙娜那里去。我停住脚步,一动不动;他是我在这种时候理应遇到的最后一个人。我本想离他而去,但是好奇心突然使我在原地像泥塑、木雕一般,待着发愣。

他在镜子前面停了一会儿,整理一下头发,使我大为吃惊的是,我忽然听见他在唱一支什么歌曲。刹那间,我儿时的一种模糊不清的遥远回忆出现在我的脑海里。为了使我在此时此刻所体会到的奇怪的感觉能够明白易懂,我现在就来讲一下我的这段回忆。还是我来到这户人家头一年的时候,有一件事曾经使我大为惊讶,这件事直到现在我才明白过来,因为只有到了现在,只有此时此刻,我才知道为什么一开始我就对这个人有一种莫名其妙的反感!我曾经说过,在那个时候,只要他在场,我总是有一种非常难受的感觉。我曾经说过,他那种愁眉锁眼、忧心忡忡的样子,那种经常郁郁寡欢、垂头丧气的面部表情,给我一种非常压抑的印象;每当我们一起在亚历山德拉·米哈依洛芙娜那里喝茶,过后我的心情总是感到非常沉重;

最后,当我有两三次目睹了那种我最初谈到过的愁云惨雾、明争暗斗的场面之后,我真是感到心如刀割、痛不欲生。以前也有过这样的情况,跟现在一样,也在这个房间,也是这个时间,我遇见过他,当时他跟我一样,正要到亚历山德拉·米哈依洛芙娜那里去。单独遇见他,我感到有一种纯粹孩子气的胆怯心情,因此我像犯了错误似的躲在一角,祈求命运保佑,别让他看见我。当时的情况跟现在一模一样,他站在镜子面前,一种莫名其妙的、非孩子该有的感觉使我不寒而栗。我觉得,他好像是在改变自己的面貌。至少在他走向镜子时我清楚地看见他脸上的微笑;我看见了他以前从未有过的笑容,因为他在亚历山德拉·米哈依洛芙娜面前从来没有笑过(记得这是最让我吃惊的)。他刚刚对着镜子一照,转眼之间,他的面部表情立刻就完全变了。微笑像听到命令一样立刻消失了,取而代之的是一种痛苦不堪的感情,它是一种情不自禁的流露,是好不容易发自内心的;这种感情,不论你有多大的气量和涵养,绝非人为所能够掩盖得了的,它扭曲了彼得·亚历山大罗维奇的嘴唇,一种神经质的痛楚在他的额头上留下一连串的皱纹,使他的眉头皱在了一起。他的目光阴郁地藏在眼镜后面——总之，转瞬之间，像听到口令一样，他完全判若两人。只记得，我，一个小孩子，吓得浑身发抖，害怕弄明白我看见的一切，从此之后，一个沉重的、不愉快的印象永远埋进了我的心里。他对着镜子照了约莫一分钟，然后低着头，拱起背，像平时出现在亚历山德拉·米哈依洛芙娜面前那样，蹑手蹑脚地向她的起居室走去。这就是使我大为惊讶的那段回忆。

当时也像现在一样，他以为只有他一个人，便站在这个镜子面前。也跟当时一样，我怀着仇恨和厌恶的感情和他不期相遇。但当我听到他唱歌（简直无法想象他竟会有这样的举动）时，我不禁大吃一惊，这实在太让人感到意外了，我站在那里，一直发愣；此时此刻，类似的情形使我想起了我童年时期几乎同样的那个瞬间——当时我表达不出我的心是怎样被一种有害印象刺伤的。我全身的神经都在颤抖，面对这倒霉的歌声，我竟然大笑起来；这时，可怜的歌手一声惊叫，急忙从镜子前倒退两步，像一名被人赃俱获的罪犯那样，面如死灰地看着我：恐惧、惊讶、狂怒，各种情绪应有尽有。他的目光对我产生了病态的作用。

我当着他的面发出一阵神经质的、歇斯底里的狂笑,然后笑着从他身边走过去,当我走进亚历山德拉·米哈依洛芙娜的房间时,我仍止不住在哈哈大笑。我知道他就站在帷幔的后面,说不定他正犹豫不决,拿不准是不是应该进来;狂怒和胆怯使他在原地动弹不得——我怀着一种幸灾乐祸的焦急心情等待着,看他怎么办;我敢打赌说,他不会很快进来,结果我赢了。他过了半个小时后才进来。亚历山德拉·米哈依洛芙娜久久地看着我,神态极为惊讶。她一再问我出什么事了,但是毫无回应。我无法回答她,我笑得喘不过气来。最后,她明白我这是一种神经性发作,才惴惴不安地热情照料我。休息片刻后,我拉住她的手,开始吻个不停。这时我才改变了主意,因为一直到了这个时候我才想到,要不是我遇到她的丈夫,我会把她害死的。我望着她,就像在看一个复活再生的人。

彼得·亚历山大罗维奇走了进来。

我冲他看了一眼:他装作我们之间什么也没有发生似的,就是说,依旧一副阴沉忧郁的样子,和往常一样。但从他苍白的脸色和微微颤动的嘴唇来看,我猜想他在极力掩盖自己内心的激动。他冷冷地向亚历山德拉·米哈依洛芙娜问过好,便一言不发地坐了下来。他端起茶杯时手一直在发抖。我感到箭在弦上,一触即发,我有一种莫名其妙的恐惧感。我本想离开算了,但又不忍心把亚历山德拉·米哈依洛芙娜一个人撇在这里;她望着丈夫的样子,吓得脸色都变了。她也预感到要出事。最后,我所担心的事情终于发生了。

在一片寂静中我抬起了眼睛,正好看见在注视着我的彼得·亚历山大罗维奇。由于事情太突然了,我被吓了一哆嗦,差一点儿叫出声来,急忙垂下眼睛。亚历山德拉·米哈依洛芙娜注意到了我的这一变化。

"您怎么啦?为什么脸都红了?"彼得·亚历山大罗维奇生硬、粗暴的声音传来。

我没有吱声:我的心跳得非常厉害,使我说不出话来。

"她为什么脸红?为什么动不动就脸红?"他问道,同时转向亚历山德拉·米哈依洛芙娜,恬不知耻地向她指着我。

我怒不可遏。我向亚历山德拉·米哈依洛芙娜投去祈求的目光。她明白了我的意思。她苍白的双颊火烧火燎起来。

"安涅塔,"她的声音坚定、果断,我怎么也没想到她能够这样,"你先回去吧,过一会儿我去找你:晚上我们俩一起过……"

"我在问您,我的话您听见了没有?"彼得·亚历山大罗维奇打断妻子的话,把声音提得更高一些,好像他根本没有听见亚历山德拉·米哈依洛芙娜的话,"遇见我为什么您要脸红?回答呀!"

"因为您使她感到脸红,我也一样。"亚历山德拉·米哈依洛芙娜回答说。由于激动,她的声音有点儿不大连贯。

我吃惊地望着亚历山德拉·米哈依洛芙娜。她头一次敢于这样针锋相对,我简直无法理解。

"我使您感到脸红,**我**?"彼得·亚历山大罗维奇反问道,看来他也感到非常惊讶,使劲在"我"字上加强语气,"**您**为我感到脸红?难道我能够使**您**为我感到脸红吗?是**您**,而不是**我**应该感到脸红,您以为是这样?"

这句话说得是那样明白,那样冷酷,那样咬牙切齿、冷嘲热讽,使我顿时感到毛骨悚然,于是我大叫一声，向亚历山德拉·米哈依洛芙娜跑去。她惨白的脸上现出惊讶、痛苦、责备和恐惧的神情。我看了彼得·亚历山大罗维奇一眼，以手示意，做哀求状。看来他自己也意识到有些过分，但是促使他说出这句话的恼怒心情还没有过去。不过，他见我在默默地求他，自己也感到有些不好意思。我的手势明白无误地告诉他，他们之间迄今秘而不宣的事情我知道不少，他话中的含义我完全明白。

"安涅塔，你先回去。"亚历山德拉·米哈依洛芙娜又说了一遍，她的声音不高，但是态度坚决。她从椅子上站了起来："我很需要跟彼得·亚历山大罗维奇谈谈……"

她看上去非常平静，但这种平静比任何激动都更令我担心。我仿佛没有听见她的话，仍然一动不动地站在那里。我竭力想从她脸上了解此时此刻她心里在想些什么。我觉得，她既没有明白我的手势的含义，也不理解我喊叫的意思。

"瞧，这都是您干的好事，夫人！"彼得·亚历山大罗维奇拉住我的手，指着妻子说。

我的天哪！我现在从这张面如死灰的脸上所看到

的绝望情绪,以前从没有看到过。他拉起我的手,把我带出房间。我最后看了他们一眼。亚历山德拉·米哈依洛芙娜站在那里,双肘撑在壁炉架上,双手紧紧抱着脑袋。她的整个身姿,说明她正在忍受着难以忍受的痛苦。我抓住彼得·亚历山大罗维奇的一只手,紧紧地握住它。

"看在上帝的分上!看在上帝的分上!"我断断续续地说,"发发慈悲吧!"

"别担心,不用担心!"他说,同时有些异样地看着我,"没关系,这是老毛病又犯了。您走吧,只管走吧。"

回到自己的房间后,我一头扑在沙发上,双手捂住自己的脸。就这样,我一连待了三个小时,此时此刻,我等于经历了地狱般的磨难。最后我忍不住了,让人去问:我可不可以去看望亚历山德拉·米哈依洛芙娜。带来答复的是列奥塔尔太太。彼得·亚历山大罗维奇派她来说,病已经发作过了,眼下没有危险,不过亚历山德拉·米哈依洛芙娜现在需要安静。我一直到凌晨三点钟都没有睡下,在屋子里走来走去,反复思忖。我的处境比以前任何时候都更为玄妙,但是我却感到更加平静——也许这是因为我感到自己的过错比别人的都大。我躺下睡觉时急切地盼望着第二天早上的来临。

可是到了第二天，令我伤心和惊讶的是，我发现亚历山德拉·米哈依洛芙娜表现出一种莫名其妙的冷淡。最初我觉得，是心地纯洁高尚的亚历山德拉·米哈依洛芙娜和我在一起感到面子上有些难堪，因为昨天她跟丈夫发生的那件事被我无意中撞见了。我知道，这样她在我面前会感到脸红，会请求我原谅，因为昨天那不幸的一幕可能伤害了我的心。但是很快我就发现她心中有别的什么牵挂和烦恼，它们是以极不自然的方式表现出来的：面对我的问题，她时而爱搭不理，态度冷淡；时而能让人听得出她话外有音；时而忽然对我非常温柔体贴，好像她心里很后悔不该对我那样冷若冰霜，但她的亲切、轻柔的话语听起来很像是一种责备。最后，我直截了当地问她这是怎么回事，她有没有话要对我说。对于我这种开门见山的问题，她感到有些惶惑不安，但是她马上用自己那双娴静的大眼睛看着我，甜甜地笑着说：

"没什么，涅朵奇卡；要知道，你问得这样突然，我有点儿不知所措。这都是因为你问得太突然了……请相信我。不过，你听我说……请对我说实话，我的孩子：你心里有没有这样的事，一旦有人冷不丁地突然问起来时，你也会感到有些发窘，一时不知所措？"

"没有。"我回答说，同时睁大眼睛看着她。

"噢，那就好！你知道，我的朋友，我多么感激你这个爽快的回答。不是我怀疑你干了什么不好的事——永远不会！哪怕有这个想法，我也不能原谅自己。但是，你听我说：我领你来的时候，你还是个孩子，现在你已经十七岁了。你也知道：我体弱多病，就像个孩子，还需要别人照料。我无法完全替代你的生身母亲，虽然我心中对你的爱是有过之无不及的。如果说我现在因为这件事而不堪其忧，那当然不是你的过错，原因在我。请原谅刚才我向你提的问题，原谅我也许是无意中未能兑现我从爸爸家里接你来时对你和他许下的诺言。我为这件事感到非常不安，我的朋友，我过去也常常为这事操心。"

我抱住她，哭了起来。

"啊，谢谢您，感谢您为我所做的一切！"我说着，眼泪滚到了她的手上，"请不要跟我这样说，不要戳我的心窝子。您胜过我的母亲；感谢你们俩——您和公爵——为了我，为了一个被遗弃的可怜孤儿所做的一切，愿上帝赐福于你们！我可怜的朋友，亲爱的亚历山德拉·米哈依洛芙娜！"

"不要说了，涅朵奇卡，别说了！好好拥抱我吧；就这样，搂紧些，再紧一些！你知道吗？天晓得我怎么会觉得你这是最后一次拥抱我。"

"不，不，"我一边说，一边像孩子似的大哭起来，"不，不会是这样！您会幸福的！……前头的日子还长着呢。请相信我的话，我们会幸福的。"

"谢谢你，谢谢你如此爱我。现在我身边的人已经很少了，所有的人都离开了我！"

"谁是所有的人？他们是谁？"

"以前我周围还有别的一些人；你不知道，涅朵奇卡。他们全都离开了我，统统都走了，像是些幽灵。可我一直在等待着他们，等了一辈子；愿上帝与他们同在！你看，涅朵奇卡，已经是深秋季节了；很快就会下雪的，等下第一场雪的时候，我就要死去——是的，不过我并不感到悲伤。永别了！"

她的脸苍白而消瘦，每一边脸颊上各有一块兆头不祥的血色斑点；她的双唇在颤抖，由于内火上升，嘴唇都干瘪了。

她走到钢琴前，弹了几个和弦；这时恰恰有一根弦嘣的一下断了，发出一声长长的、颤抖的呻吟……

"你听，涅朵奇卡，听见了吗？"她指着钢琴，声音忽然有点儿兴奋地说，"这根弦绷得太紧、太紧了，它经受不住敲击，因此断了。你听，这声音是多么悲切，如泣如诉！"

她说得很吃力。一种内心的隐痛表现在她的脸上，她两眼满含着泪水。

"好，不谈这些了，涅朵奇卡，我的朋友，就此打住；去把孩子们带来。"

我把孩子们领了过来。她望着孩子们，仿佛缓过来一些，一小时后让他们回去了。

"安涅塔，我死后你不会丢下他们不管吧？是不是？"她小声问我，好像怕别人听到似的。

"别说了，您吓死我了！"我找不出别的话来回答她。

"其实我不过是开个玩笑，"她沉默片刻，微笑着说，"你当真啦？有时候天晓得我会说些什么。我现在跟孩子似的，什么都应该原谅。"

这时她怯生生地看了我一眼，仿佛有话不敢说出口。我期待着。

"你可别吓着他了。"她最后说，低垂着眼睛，脸上泛起微微的红晕，说话声音我勉强能够听见。

"吓着谁？"我惊讶地问。

"我的丈夫。你大概慢慢会把一切都告诉他的。"

"为什么，为什么呀？"我连声问道，而且愈加感到莫名其妙。

"嗯，也许不会跟他说，谁知道呢！"她回答说，尽量做出狡猾的样子望着我，虽然她嘴角上的微笑仍然是那么憨厚，脸上的红晕也越来越明显。她补充说："不谈这些了，其实我这都是说着玩的。"

我只觉得胆战惊心，肝肠欲裂。

"不过，你听我说，我死后，你会爱他们的——是不是？"她认真地补充了一句，又好像显得很神秘的样子，"像以前那样，把他们当亲生的孩子看待——是不是？你要记住：我一向待你如同亲生，和我自己的孩子没有两样。"

"是啊，是啊。"我答道，不知道自己该说什么，眼泪和困惑使我透不过气来。

一个火热的吻,冷不丁地落在了我的手上。我被惊得目瞪口呆。

"她这是怎么啦?她在想些什么呀?昨天他们怎么啦?"这些问题在我脑海中一闪而过。

不一会儿,她便抱怨感到有些疲倦。

"我身体早就有病,只是怕吓着你们两个,"她说,"你们俩不是都爱我吗——是不是?……再见,涅朵奇卡;不要管我,只是晚上你一定要来看我。你会来吗?"

我做了保证,不过我很高兴能够离去。我实在忍受不了啦。

可怜呀,可怜!什么样的猜疑正在把你送入坟墓呢?——我失声痛哭,不胜感叹——什么样新的苦恼在刺痛和伤害着你的心灵?可是关于它,你未必敢于吐露只言片语。我的天哪!这是一种长久的痛苦,如今我已经洞悉一切、了如指掌了;这是一种暗无天日的生活,是一种谨小慎微、一无所求的爱,甚至到了现在,到了心都要被撕成两半,眼看死到临头的时候,一想到又生出新的痛苦,她仍然像犯了什么罪似的,不敢有丝毫的不满和抱怨,她已经对它认命服输,不再计较什么了!……

黄昏时分,我趁奥弗罗夫(从莫斯科来的那个人)不在的时候进入了图书室,打开书柜,开始在许多书中翻找,想挑一本能读给亚历山德拉·米哈依洛芙娜听的书。我是要为她消愁解闷,所以想挑些轻松愉快的东西……我找了很长时间,有点儿心不在焉。天越来越黑了,我的苦恼也越来越深。那本书又到了我的手中,打开原先的那一页,这时我在上面还看得出那封信留下的痕迹;这封信一直揣在我的怀里——这是一个秘密,它好像与我的生活的转折和新生息息相关,它向我透出一阵阵寒气,还包含着那么多难以捉摸、神秘莫测、阴阳怪气的东西,现在我已经能够从远处感受到一种非常严重的威胁……"我们会怎么样呢?"我想,"我一直感到非常温暖舒适的那个角落将要人去楼空了!我青春年少时期的光明守护神将要离我而去。以后会怎样呢?"我站在那里,抚今追昔,觉得过去是那么令人感到亲切,好像我要竭力窥视未来,看看那未知的、威胁着我的……我回忆这一时刻,就好像现在又经历一遍似的,一切都历历在目,我铭记在心。

我手里拿着信和那本打开的书,泪流满面。突然,我被吓了一跳:一个熟悉的声音从我的头顶上方传来。与此同时,我手中的信已被人抢走。我惊叫一声,回过头来:彼得·亚历山大罗维奇就站在我的面前。他用力地抓住我一只手,不让我乱动;右手把信举到亮处,竭力想看清楚信的头几行字……我喊叫起来;我宁可死去,也不愿让这封信落到他的手里。从他得意的微笑中,我看出他已经看清楚了头几行的内容。我惊恐万分……

顿时,我几乎不顾一切地向他扑过去,一下子从他手里把信夺了过来。这一切发生得如此之快,连我自己也不明白信是怎样又落到我手中的。但我见他又想把信从我手中夺走,我急忙把信藏进怀里,向后倒退三步。

我们相对而视,默默无言,大约有半分钟的样子。我惊魂未定,浑身还在颤抖。他面色苍白,嘴唇气得发青,哆嗦个不停,他首先打破了沉默。

"够了!"他说,由于情绪激动,他的声音不高,"我想,您大概不希望我使用暴力吧;快把信乖乖地交给我。"

只是这时候我才清醒过来,屈辱、羞愧、对暴力的愤怒使我透不过气来。泪水顺着我发烫的脸颊流下。我气得浑身发抖,半天说不出话来。

"您听见了吗?"他说,同时朝我迈出两步……

"不许碰我,放我走!"我大声喊叫着,向后退去,"您这样做是很卑鄙的,是不道德的。您太放肆了!……放我出去……"

"什么?您这话是什么意思?您做出这样的事……还敢用这样的语气说话……把信给我,我在对您说话呢!"

他又向我逼近一步,不过他看了我一眼,从我的眼神中见我决心很大,便停住了脚步,仿佛在思考对策。

"好吧!"他最后冷冷地说,好像下定了什么决心,但仍在勉强控制自己的情绪,"这件事以后再说,而首先……"

这时他朝四周看了一下。

"您……是谁放您进图书室的?为什么这个柜子开着?您从哪儿弄来的钥匙?"

"我不会回答您的问题的，"我说，"我无法跟您说话。放我出去，放我走！"

我朝门口走去。

"站住，"他说，并扯住我的手，让我停下来，"这样您是走不了的！"

我不声不响地把手抽出来，又向门口走去。

"那好吧。但是我实在不能允许您在我的家里接收您的情人的书信……"

我惊叫了一声，看着他，茫然不知所措……

"所以……"

"住嘴！"我大声喊道，"您怎么能这样说？您怎么能对我说这种话？……我的天哪！我的天哪！……"

"什么？什么！您还想威胁我吗？"

我望着他，垂头丧气，万念俱灰，我们之间的这场戏达到了我无法理解的紧张激烈程度，我用目光恳求他不要再往下问了。我准备原谅他对我的羞辱，条件是他必须就此打住。他认真地看着我，似乎有些迟疑。

"请不要把我逼急了。"我胆战心惊地小声说。

"不，这种情况一定得结束！"他最后说，好像有些明白过来,"我向您承认,您的这种目光使我有些犹豫。"他面带古怪的微笑补充说:"但可惜的是,事情本身已经说明了问题。我已经看了信的开头。这是一封情书。您无法使我改变看法!不,您趁早打消这个念头吧!如果说我有所犹豫,这只能说明我应该在您全部优秀的品质中加上一项善于说谎的本领,因此我再说一遍……"

他越说越气,脸也越来越扭曲。他面如死灰,嘴唇歪着,而且哆嗦个不停,因而最后弄得他说话都很费劲。天已经黑了。我站在那里,孤立无援,面对一个竟敢侮辱女性的男人。最后,种种情况看来都对我不利;我羞愧难当、六神无主,不理解此人为什么对我有如此大的仇恨。我没有回答他的话,惊慌中我不顾一切地冲出了房间,等我定下神来,我已经站在亚历山德拉·米哈依洛芙娜的起居室门口了。紧跟着便听到了他的脚步声;我正想踏进房间,突然像遭到雷击似的,驻足不前了。

"她会怎么样呢?"我脑子里闪过了这个念头,"这封信!……不行,无论怎样也比最后在她心上再刺一刀要好。"于是我又转身往回跑,可是为时已晚:他就站在我身旁。

"到哪里都行,就是不能在这里,不能在这里!"我抓住他的手说,"可怜可怜她吧!我再回到图书室,或者……随您的便!否则您会要了她的命的!"

"这是您在要她的命!"他回答说,同时把我推开。

我的一切希望全落了空。我觉得他正想把这场戏挪到亚历山德拉·米哈依洛芙娜的面前去演。

"看在上帝的分上吧!"我说,拼命地拉住他。但是就在这个节骨眼上,帷幔被掀开了,亚历山德拉·米哈依洛芙娜出现在我们面前。她惊讶地看着我们,她的脸色比平时更加苍白,她吃力地站在那里。很显然,她是听到我们的声音后,费了很大劲才走到我们跟前的。

"谁在这儿?你们在这里说什么呢?"她问道。她看着我们,感到异常吃惊。

开头几秒钟谁也不说话,这时她的脸色变得煞白。我跑过去,紧紧抱住她,把她扶回到起居室去。彼得·亚历山大罗维奇也跟着我走了进来。我一头扎进她的怀里,把她抱得越来越紧;我屏住呼吸,看下一步会怎么样。

"你怎么啦?你们这是怎么回事?"亚历山德拉·米哈依洛芙娜再次问道。

"您问她吧。您昨天还一个劲儿地护着她。"彼得·亚历山大罗维奇说着,重重地坐在椅子上。

我把她越来越紧地搂在自己的怀里。

"可是,天哪,这到底是怎么回事?"亚历山德拉·米哈依洛芙娜惊恐万分地问,"您是那么生气,她被吓得眼泪汪汪。安涅塔,全都告诉我吧,你们之间发生了什么事?"

"不,请允许我来先说。"彼得·亚历山大罗维奇说。他走到我们跟前,抓住我的手,把我从亚历山德拉·米哈依洛芙娜身边拉开。"您站在这里,"他指着屋子中间说,"我要当着替代您母亲的人的面对您进行审判。而您呢,请保持安静,好好坐着。"他扶亚历山德拉·米哈依洛芙娜坐到椅子上,补充说:"我痛心的是,我不得不让您参加这场不愉快的质询,但这种质询是必不可少的。"

"我的上帝!这究竟是怎么回事?"亚历山德拉·米哈依洛芙娜问道。她非常痛苦地看着我和自己的丈夫。我扭搓着双手,预感到关键的时刻就要到来。

我已不再指望他能有恻隐之心了。

"一句话,"彼得·亚历山大罗维奇继续说,"我希望您和我能共同审理。您一贯(我也不明白是为什么,这是您的一种怪癖),您一贯——比如说,就在昨天——这样想、这样说……可是我不知道该怎么说;我一想到……就脸红。总而言之,您总是护着她,您攻击我,指责我态度过分严厉;您还暗示我怀有什么**别的感情**,仿佛因而才会有这种过分严厉的态度;您……不过我不明白,为什么我一想到您的那些胡乱猜想,就无法克制住自己的尴尬心情,不由得感到脸上发热;为什么我不能当着她的面把这些东西公开地、大声地说出来呢……总之,您……"

"啊,您不能够这样做!不行,您不能说!"亚历山德拉·米哈依洛芙娜喊叫起来,她情绪激动,羞愧难当,"不,您饶恕她吧。这都是我,是我胡乱想出来的!现在我什么怀疑都没有了。请原谅我的胡思乱想,对不起。我有病,我需要原谅,但决不能对她说,不能……安涅塔,"她走到我跟前对我说,"安涅塔,你离开这儿吧,快点儿离开这里,快点儿!他是在开玩笑,这都是我的错,玩笑开得过分了……"

"一句话,您因为我在妒忌她。"彼得·亚历山大罗维奇说。为回答她苦苦的期待,他毫不留情地甩出了这句话,亚历山德拉·米哈依洛芙娜惊叫一声,脸色一下子变得煞白;她扶住椅子才勉强站稳了脚。

"愿上帝宽恕您!"最后,她有气无力地说,"我为他请求你原谅,涅朵奇卡,原谅我;一切都是我的错。我有病,我……"

"但这是专横跋扈,是卑鄙无耻!"我怒不可遏地叫道,我终于完全明白他为什么要在妻子面前谴责我的用心了,"这太可耻了,您……"

"安涅塔!"亚历山德拉·米哈依洛芙娜惶恐不安地抓住我的手叫道。

"一场恶作剧!可笑之至,仅此而已!"彼得·亚历山大罗维奇说。他朝我们走过来,激动得简直难以形容。"恶作剧,我告诉您吧,"他接着说,同时带着幸灾乐祸的微笑死死地盯住妻子,"在整个这场恶作剧中,蒙在鼓里的只有您一个人。"他气喘吁吁地指着我说:"请您相信,我们并不害怕这样的对质;请相信,我们已经不是纯洁无瑕的少男少女,一听见这种事就会感到害羞、脸红,把耳朵捂起来。对不起,我的表达有些简单直率,也许有些粗俗,但是——理应如此。太太,您相信这位……小姐品行端正吗?"

"上帝啊!您这是怎么啦?您太肆无忌惮了!"亚历山德拉·米哈依洛芙娜说。她被吓得目瞪口呆,面如死灰。

"请不要用这种空洞的字眼!"彼得·亚历山大罗维奇轻蔑地打断了她的话,"我不喜欢这一套。这里的事情很简单,一目了然,庸俗得没法再庸俗了。我在问您关于她品行的事,您知不知道……"

但我没让他说下去;我抓住他的手,用力把他拉到旁边。再晚一分钟,可能一切都完了。

"不要说信的事!"我急忙小声地说,"您会当场要了她的命。责怪我,同时也就是责怪她。她不可能审判我,因为我**全都**了解……明白吗,我**全都**了解!"

他极为好奇地注视着我——一时有点儿心慌意乱,全身的血直往脸上涌。

"我**全都**了解,**全都**了解!"我又说一遍。

他还在犹豫。问题已经到了他的嘴边。我抢先开了口。

"是这么回事,"我赶紧大声对亚历山德拉·米哈依洛芙娜说,这时她正怯生生地用惊恐不安的目光看着我们,"都是我的错。我瞒着您已经有四年了。是我拿走了图书室的钥匙,四年来我一直在偷偷读里面的书。彼得·亚历山大罗维奇正好碰见我在读一本书,这本书……本来不可能,也不应该落到我手中。出于对我的担心,他在您面前夸大了这件事的危险性!……不过,我并不想为自己辩护(我注意到他嘴边露出一丝讥笑,连忙说):都是我的错。我经不起诱惑,做了坏事,又不敢承认……就是这么回事,我们之间几乎就这么一件事……"

"哎呀,您真是会说啊!"彼得·亚历山大罗维奇在我身边低声说。

亚历山德拉·米哈依洛芙娜很仔细地听我把话说完,但她的脸上明显有一种不相信的神情。她看看我,又看了看丈夫。这时候谁也不说话。我简直透不过气来。亚历山德拉·米哈依洛芙娜把头低到胸前,一只手捂住眼睛,心里在想着什么,显然她在仔细琢磨我说的每一句话。最后,她抬起头来,仔细地打量着我。

"涅朵奇卡,我的孩子,我知道你不会说谎,"她说,"就这些事吗,确实就是这些?"

"就这些事。"我回答说。

"是全部吗?"她转身问丈夫道。

"是的,就这些,"他勉强答道,"就这些!"

我松了一口气。

"你能向我保证吗,涅朵奇卡?"

"能。"我毫不含糊地回答说。

但是我忍不住朝彼得·亚历山大罗维奇看了一眼。他听了我的保证后笑了。我一下子涨得满脸通红,我的狼狈相未能躲过亚历山德拉·米哈依洛芙娜的眼睛。她眼中流露出极大的痛苦和忧伤。

"好了,"她神情忧郁地说,"我相信你们的话。我无法不相信你们。"

"我想,这样坦白承认也就够了,"彼得·亚历山大罗维奇说,"您都听到了吧?有何感想?"

亚历山德拉·米哈依洛芙娜没有回答。这种场面变得越来越令人难以忍受。

"我明天就把所有的书再检查一遍,"彼得·亚历山大罗维奇接着说,"不知道那里还能有什么,但是……"

"当时她读的是一本什么书?"亚历山德拉·米哈依洛芙娜问道。

"什么书?您来回答吧,"他转身对着我说,"您最能够**说明情况了**。"他含而不露地补了一句讥讽的话。

我尴尬极了,一句话也说不出来。亚历山德拉·米哈依洛芙娜满脸通红,垂下了眼睛。接着是长时间的冷场。彼得·亚历山大罗维奇在屋子里踱来踱去,感到很是烦恼。

"我不知道你们之间发生了什么事。"亚历山德拉·米哈依洛芙娜终于开了腔,她小心翼翼地吐着每一个字。"不过,事情如果**仅此而已**,"她继续说,尽量赋予自己的话以特殊的含义;她已经被丈夫死死盯住的目光弄得有些心慌意乱了,尽管她一直在避免看他,"事情如果**仅此而已**,那么我就不明白,为什么我们大家还要这样愁眉苦脸、垂头丧气呢!事情都怪我,是我一个人的错,为此我深感内疚。是我疏于对她的教育,因此一切应该由我负责。是她应该原谅我,因此我不能、也不敢责怪她。但是话又说回来了,我们为什么要垂头丧气呢!危险已经过去。您看看她,"她越说越兴奋,而且向丈夫投去一种咄咄逼人的目光,"您看看她:难道她的有失检点造成了什么后果不成?难道我不了解她——我的孩子、我亲爱的女儿吗?难道我不了解她的心是高尚纯洁的吗?她这颗聪明的小脑袋瓜,"她继续说着,把我拉到自己身边,抚摸着我的头,"可清楚明白了,她心眼特别实在,容不得半点虚假……不说了,我亲爱的!就此打住!的确,我们的苦恼中隐藏着别的什么东西;也许,不和的阴影只是暂时的现象。我们一定会用爱心与和谐来消除我们之间的误会。也许我们彼此间有许多话没有说透,这方面首先要怪我。是我首先有事情瞒着你们,是我首先产生天晓得哪里来的种种怀疑,实际上都怪我的脑子出了毛病。不过……既然有些事情我们已经说开了,你们俩就该原谅我才是,因为……说到底,我的猜疑也算不上多大的罪过……"

说完这些话,她红着脸,胆怯地看着丈夫,愁眉苦脸地等着他发话。听着妻子的述说,彼得·亚历山大罗维奇的嘴角露出讥讽的微笑。他停下脚步,面对妻子,背抄着双手。他好像是在观看她的窘态,仔细端详,加以欣赏;她感觉到了他专注的目光,她有些忐忑不安、心慌意乱。彼得·亚历山大罗维奇等了一会儿,仿佛在等她接着往下说似的。这样一来,她就越发感到心慌意乱、六神无主了。最后,他打破了这一难堪的局面,发出一阵轻微的长长的冷笑声。

"我真为您感到惋惜,可怜的女人!"他终于止住笑,痛苦而严肃地说,"您扮演了一个您胜任不了的角色。您想要干什么呢?您是想让我做出答复,拿新的怀疑,其实还不如说是旧的怀疑来刺激我吗?您刚才的话掩盖得并不高明,不是吗?您的话的意思,无非是说用不着生她的气,即使她读了一些有伤风化的书,她仍然是很不错的,而我个人却认为,这些书的道德内容似乎已经带来了某些后果;最后,您亲自出马,为她承担责任;不是这样吗?得啦,您做了这番说明后,还暗示有别的什么东西;您好像觉得,我的怀疑和别扭是出于别的什么感情。您昨天甚至向我暗示——请不要打断我的话,我喜欢直来直去——您昨天甚至还暗示说,有些人(记得,按照您的看法,他们大都是些老成持重、一本正经的人,他们聪明直率、坚强有力,天知道您宽宏大量起来还有什么形容词不能用上),我再说一遍,您说有些人的爱情(天知道您为什么要这样瞎说!)只能以严厉、热烈、狂暴的方式表现出来,而且常常借助于怀疑与闹别扭的方式来表现。我已经记不清楚您昨天是不是就是这样说的了……请不要打断我的话;我很了解您调教出来的这位小姐;她什么话都可以听,什么话都能够听到,我对您重复第一百遍了——她什么话能够听到。您受骗了。我不知道为什么您一定要坚持认为我恰恰就是这样的人!天晓得您为什么一定要让我穿上这小丑的服装。我这把年纪已经不可能跟这位小姐谈情说爱了。最后,请相信我,太太,我**了解自己的责任**,而且不管您如何宽宏大量地原谅我,我还是要讲以前说过的一句话:**罪恶什么时候都是罪恶,劣迹什么时候也都是劣迹,无论您把这种卑劣的感情吹得多么天花乱坠,它终究是可耻的、卑鄙的和不道德的!**但是,够了!不要再说了!我再也不愿意听到这些无耻谰言了!"

亚历山德拉·米哈依洛芙娜哭了。

"让我来承受这一切吧,由我来承担!"她最后说,同时抱住我号啕大哭,"就算我的猜疑是非常可耻的,遭到您这样严厉的嘲笑,是咎由自取、罪有应得!可是你,我可怜的孩子,为什么你非得听这些辱骂不可呢?而且我是无法保护你的呀!我没法说话!

天哪！我不能默不作声，先生！我忍受不了……您的行为失去了理智！……"

"算了，算了！"我小声说，尽量使她激动的心情平静下来；我担心严厉的指责会使他气急败坏、恼羞成怒。我还在为她担惊受怕。

"但是，瞎了眼的女人！"他喊叫起来，"您不知道，您没有看见……"

他停顿了片刻。

"离开她！"他说，同时转向我，把我的一只手从亚历山德拉·米哈依洛芙娜的手中拽出来。"我不许您碰我的妻子，您在玷污她，您的存在就是对她的侮辱！可是……可是，在应该讲，而且必须讲的时候，又是什么迫使我保持沉默的呢？"他跺着脚吼叫道，"因此我一定要说，把一切都说出来。我不知道您都了解些什么，小姐，以及您想用什么来威胁我，我也不想知道。您听着！"他转向亚历山德拉·米哈依洛芙娜，"好好听着。"

"住嘴！"我大声叫着，朝前面冲过去，"不许说，一个字都不许说！"

"请听着……"

"不许说,为了……"

"为了什么,小姐?"他打断我的话,迅速而咄咄逼人地看了我一眼,"为了什么?夫人,您知道吗,我从她手中夺下了她情人的一封信!瞧我们家里发生了什么事!而且就发生在您的身边!这就是您没有看到、没有发现的事情!"

我强撑着站在那里。亚历山德拉·米哈依洛芙娜脸色煞白。

"这根本不可能。"我嘟囔一句,声音小到几乎听不见。

"我看见了这封信,夫人;我拿到了它;我看了开头的几行,而且绝不会弄错:是一封情书。她从我手中把信抢走了。现在信就在她那里——这件事很清楚,就是这样,毫无疑问;要是您还有怀疑,那就请看一看她吧,然后您就不会再有哪怕一星半点的怀疑了。"

"涅朵奇卡!"亚历山德拉·米哈依洛芙娜一面大声叫道,一面向我跑过来,"不,不要说,别说!我不知道这是怎么回事,怎么会有这种事……天哪,我的上帝!"

于是她双手捂着脸,号啕大哭起来。

"不！这根本不可能！"她又叫了起来，"您一定是弄错了。这……我知道这意味着什么！"她盯住丈夫，继续说，"你们……我……不会，你不会骗我，你不可能骗我！把什么都告诉我，统统告诉我，毫不隐瞒：是他搞错了吧？是不是？是他搞错了吧？他看见的是另外一封信，是他看花眼了吧？对，难道不是吗？难道不是吗？听我说：安涅塔，我的孩子，我亲爱的孩子，为什么不全都告诉我呢？"

"回答呀，快回答呀！"我身边传来彼得·亚历山大罗维奇的声音，"请您回答：我是不是看见了您手中的那封信？……"

"是的！"我回答说，激动得透不过气来。

"是不是您的情人写给您的？"

"是的！"我答道。

"你们至今还保持着联系吗？"

"是的，是的，是的！"我连声说。我已经不顾一切，对所有问题都做出肯定的回答，只求结束我们的这场磨难。

"您听见她的话了吧。现在您还有什么可说的？请相信我吧，您这颗善良的、太过轻信他人的心哪，"他抓住妻子的手补充说,"要相信我,不要相信一切使您产生病态想象的东西。现在您看清楚这位……小姐是怎样一个人了吧。我只想说明,您怀疑的事是不可能发生的。这一切我早有觉察,我高兴的是终于当着您的面把她给揭穿了。看到她在您身边,在您的怀抱里,和我们共桌同坐,而且还住在我们家里,我的心情非常沉重。您的盲目轻信使我感到愤然。正是出于这个原因,也仅仅是因为这一点,我才时时注意着她,对她进行仔细观察;我的这种关注被您看在了眼里,根据这种无端的怀疑,天晓得您编造了多少故事。不过,现在事情已经真相大白,自然,一切怀疑也已烟消云散,因此,从明天起,小姐,明天您就不必待在我们家里了!"他说完最后这句话的时候,把身子转向了我。

"等一等!"亚历山德拉·米哈依洛芙娜从椅子上站起来,"我不相信你们演的这场戏。用不着直眉瞪眼地看着我,也不用嘲笑我。我也请您来对我评判一番。安涅塔,我的孩子,过来,把你的手伸给我,对,就这样。我们大家都有罪!"她眼泪汪汪、声音颤抖,同时恭顺地望着丈夫说道:"我们当中谁又能跟谁脱离了关系呢?把手伸给我,安涅塔,我亲爱的孩子;我不比你强,也不比你好;你的存在并没有使我感到羞辱,因为我同样,也是个罪人。"

"夫人!"彼得·亚历山大罗维奇惊叫道,"夫人!您要控制自己的感情!不要忘乎所以!……"

"我什么也没有忘。请不要打断我的话,让我把话说完。您看见了她手里的信,甚至您还读过;您说,她还……承认这信是她所爱的人写的。但难道这就能证明她是有罪的吗?难道这就可以使您当着自己妻子的面这样对待她,这样欺侮她吗?是的,先生,是当着您妻子的面,不是吗?难道这件事您已经判断清楚了吗?难道您知道这究竟是怎么回事吗?"

"看来我只能逃之夭夭,而且还要请她多多原谅了。您是不是希望我这样做?"彼得·亚历山大罗维奇喊叫道,"听您说话,我实在按捺不住自己!您想想您都说了些什么吧!您知道不知道自己都说了些什么?知道您在维护的什么事,维护的什么人吗?我可是一清二楚、了如指掌……"

"您连最基本的事实都没看到,因为愤怒和傲慢遮住了您的眼睛。您看不见我在维护什么,我想说什么。我维护的不是劣迹。可是您是否判断清楚了——一旦判断清楚,您就能够看明白——您判断清楚没有,兴许她像婴儿一样清白无辜呢?是的,我不维护劣迹!如果这能使您感到很愉快的话,我愿立即进行补充说明。是的,如果她是个有夫之妇,是一位母亲,而且忘记了自己的责任,啊,那我会同意您的意见的……瞧,我做了补充说明。请注意这一点,而且不要责备我!不过,如果她是在不知道有什么不好的情况下得到这封信的呢?如果她只是被幼稚的情感所吸引而没有人拉她一把呢?如果由于我未能照看好她的心,事情首先应该怪我呢?如果这是她的第一封信呢?如果您用粗暴的怀疑态度伤害了她纯真美妙的感情呢?如果您用自己对这封信的本能的解释玷污了她的想象呢?如果您看不到她脸上闪现的那种纯洁无瑕、童贞幼稚的羞怯呢?我现在看得清清楚楚;刚才,当她走投无路、痛苦不堪、不知说什么好,并且苦恼万分、只能承认您狠毒地逼问的每一件事时,我也看到了。是的,是的!这太缺乏人性、太残酷了,我都认不出您来了;对此,我永远不会原谅您,永远不会!"

"不过,请饶了我吧,可怜可怜我吧!"我大声喊道,使劲抱着她,"可怜可怜我,请相信我,不要赶我走……"

我跪倒在她的面前。

"最后,要不是,"她气喘吁吁地说,"最后,要是我不在她的身边,要是您的话吓着了她,要是气得她也相信自己有罪,要是您把她的良知和神智搅乱,弄得她心慌意乱、六神无主……我的天哪!您竟然想把她赶出家门!可是您知道您赶的是什么人吗?要知道,如果您把她赶走,那就把我们一起赶走好了,把我们两个——也包括我在内。您听见我说的话了吗,先生?"

她的两只眼睛炯炯发光,胸部一起一伏的,病态的紧张程度已经到了危机的极限。

"您说得已经够多了,夫人!"彼得·亚历山大罗维奇最后喊道,"够了,我知道有柏拉图式的爱情——而且,夫人,对此我深受其害,您听见了吗?我深受其害。但是,夫人,我不能同这种冠冕堂皇的做派和睦相处!我无法理解。让这种浮华虚饰见鬼去吧!如果您知道该做些什么(用不着我来提醒您,夫人),最后,如果您愿意,有丢开我这个家的意思……那么我只好提醒您一句,只能够说,您不该忘记实现您的心愿,几年前的那个时候有个真正的机会……如果您忘记了,我可以提醒您……"

我看了亚历山德拉·米哈依洛芙娜一眼。她心烦意乱地倚靠在我身上,因悲不自胜而显得非常疲惫,眼睛半闭半阖,似乎陷入无尽的痛苦之中。再过一分钟,她就要倒下去了。

"哎呀,看在上帝的分上,您就可怜她这一次吧!请不要把话说绝了。"我喊着跑过去,跪倒在彼得·亚历山大罗维奇面前,忘记我违背了自己的意愿。但这为时已晚,听了我的话,可怜的亚历山德拉·米哈依洛芙娜发出一声轻微的叫喊,立刻倒在地上,不省人事。

"完了!是您害死了她!"我说,"赶快叫人来抢救她!我在您的书房里等您。我必须跟您谈一谈,我要把一切都告诉您……"

"谈什么?谈什么?"

"待会儿再说!"

她这次犯病,持续了两个钟头,全家都吓坏了。医生没有把握地直摇头。两小时后,我走进了彼得·亚历山大罗维奇的书房。他刚从妻子那里回来,正在屋子里不停地走动,脸色苍白,情绪激动,把指甲都咬出血了。以前我从未看见过他这副样子。

"您究竟要告诉我什么?"他声色俱厉地说,"您不是有话要对我说吗?"

"这就是您从我手里抢走的那封信。您认得出来吗?"

"是的。"

"拿去吧。"

他接过信,把它凑到亮处。我注意地看着他。过了几分钟,他迅速地把目光转到第四页[1]上,看了信的署名,我看得出,血一下子都涌到了他的脑子里。

"这是什么?"他问我,惊得目瞪口呆。

"三年前,我在一本书里看到了这封信。我猜想这一定是谁忘在这里了,读过之后才了解了一切。从此它就一直保存在我这里,因为我无法转交给任何人。我不能把信交给她。交给您吗?可是您不可能不了解这封信的内容,而信中完全是一个悲惨故事……您为什么要装模作样——我不了解。这对我来说,暂时还

---

[1] 前面说该信是一张纸,可能因为折叠后才有所谓的第四页。

无从知晓。我还无法清楚地看透您的阴暗的灵魂。您希望对她保持压倒的优势,而且您做到了。但是为了什么呢?为了战胜一个怪影,压倒一个女病人的胡思乱想,以便向她证明,是她屡次误入歧途,而您比她更清白无辜、**问心无愧**!您如愿以偿,达到了目的,因为她的这种怀疑恰恰是行将衰竭的头脑里的固定观念,也许是一颗破碎的心对您也参与其中的不公判决的最后控诉。'您爱上了我,这有什么不好?'这就是她说的话,这就是她希望向您所证明的。您的虚荣心,您的疯狂的利己主义是非常残忍的。再见了!用不着解释!但是请您注意,我算把您给看透了,我对您了如指掌,请不要忘记这一点!"

我回到自己的房间时,几乎不记得刚才发生了什么事。在门口,彼得·亚历山大罗维奇的业务助理奥弗罗夫把我叫住了。

"我想跟您谈谈。"他彬彬有礼地鞠了一躬说。

我看了看他,几乎没明白他对我说这句话的意思。

"以后再谈,对不起,我身体不舒服。"我最后回答说,从他身边走了过去。

"那好,明天吧。"他说着,躬身一礼,脸上露出一种莫名其妙的微笑。

不过,也许这只是我的错觉。这一切在我的眼前仿佛只是一闪而过。

陀思妥耶夫斯基年表

1821年
11月11日,费奥多尔·陀思妥耶夫斯基生于莫斯科一个医生家庭,在七个子女中排行老二。他患有癫痫,9岁首次发病,之后间或发作伴其一生。

1834年
陀思妥耶夫斯基和哥哥一起,进入莫斯科寄宿学校切尔马克就读。兄弟二人都将文学视作自己的梦想。

1837年
普希金逝世,陀思妥耶夫斯基受到极大震动,常年缠绵病榻的母亲也因肺结核去世。他和哥哥一起被送往彼得堡求学。

1838年
进入彼得堡军事工程学校学习。在此期间,除了接受军事训练,还接受了人文教育,他尤其醉心于德意志和法国的浪漫主义文学。

1839年
陀思妥耶夫斯基的父亲去世,死因不明。

1843年
从彼得堡军事工程学校毕业后,在彼得堡工程兵司令部所属工程兵团注册服役。

1844年
退伍,并成功发表了他翻译的巴尔扎克的长篇小说《欧也妮·葛朗台》。

1845年
完成自己的首部作品《穷人》。别林斯基阅读后称其为"俄罗斯的第一篇社会小说,揭示了俄罗斯人生活和性格中的秘密"。

1846年
1月,《穷人》成功发表,广获好评。
2月,在《祖国纪事》发表《双重人格》。

1847年
《穷人》单行本出版,陀思妥耶夫斯基成为文学界的名人。因对空想社会主义感兴趣,参加了彼得拉舍夫斯基小组的革命活动。因文学上的分歧与别林斯基决裂。《女房东》发表后,他将创作对象转向了另一类知识分子——"幻想家"。

1848年
《白夜》发表,陀思妥耶夫斯基将其对幻想家的心理描写发挥到极致。开始创作《涅朵奇卡》,但因为之后被流放,中断了创作,导致该篇作品未完成。

1849年
因牵涉反对沙皇的革命活动而被捕,原被宣判为枪决,却在临刑前收到赦免令,改为发配西伯利亚服刑。在此期间,他的思想发生巨变,癫痫也发作得越来越频繁。

1854年
刑满获释后,被要求在西伯利亚服兵役。

1857年
与玛丽亚·德米特里耶夫娜·伊萨耶娃结婚,这次婚姻并不幸福。蜜月期间,他的癫痫剧烈发作。

1859年
因身体原因,陀思妥耶夫斯基获准退役,并返回彼得堡。

1861年
开始连载他的第一部长篇小说《被侮辱与被损害的人》,这部作品被视为陀思妥耶夫斯基的过渡作品,其中既有前期对社会苦难人民的描写,又有后期的宗教与哲学探讨。

1862年
连载《死屋手记》,他以自己在西伯利亚服苦役的经历为原型,让本国民众第一次看到了政治犯所要面临的刑罚。

1864年
连载《地下室手记》,妻子和长兄相继去世。因照顾长兄家人,几乎耗尽所有积蓄。寄希望通过赌博还债,却背下更重的债务,最终被迫到欧洲避债。

1866年
与女速记员安娜相识相知,后向其求婚。陀思妥耶夫斯基向其口授中篇小说《赌徒》,两人高效合作,一个月内完成了作品《赌徒》。《罪与罚》出版,标志着陀思妥耶夫斯基的文学生涯进入了新时代,该书也为其赢得世界性声誉。

1867年
《赌徒》出版,陀思妥耶夫斯基与安娜结婚,夫妇二人出国旅行。

1868年
12月,《白痴》竣稿。这部小说极具陀思妥耶夫斯基个人的色彩。

1871年
一家从国外返回彼得堡。

1872年
完成小说《群魔》,批判了当时在俄国盛行的政治和道德上的虚无主义思想,以及这种思潮可能带来的灾难性影响,遭到了批评家的强烈反对。

1873年
创办《作家日记》,将新闻报道、政论文章和文学作品融于一体,直接介入当时的社会舆论和思想斗争。

1875年
发表小说《少年》,描绘了当时俄国的拜金主义对青年一代灵魂的腐蚀。

1876年
恢复《作家日记》的写作,并开始出单行本。11月号上载有短篇小说《温顺的女性》。

1880年
在莫斯科参加普希金纪念碑揭幕典礼,并发表演讲。发表《卡拉马佐夫兄弟》,这是陀思妥耶夫斯基后期最重要的作品,是其哲学思考的总结。

1881年
2月9日,因肺部出血去世,享年59岁。安葬于彼得堡。

无界文库

001	悉达多	[德]赫尔曼·黑塞 著	杨武能 译
002	局外人	[法]阿尔贝·加缪 著	李玉民 译
003	变形记	[奥]弗朗茨·卡夫卡 著	李文俊 译
004	窄门	[法]安德烈·纪德 著	李玉民 译
005	瓦尔登湖	[美]亨利·戴维·梭罗 著	孙致礼 译
006	罗生门	[日]芥川龙之介 著	文洁若 译
007	雪国	[日]川端康成 著	高慧勤 译
008	红与黑	[法]司汤达 著	王殿忠 译
009	漂亮朋友	[法]莫泊桑 著	李玉民 译
010	地下室手记	[俄]陀思妥耶夫斯基 著	刘文飞 译
011	简·爱	[英]夏洛蒂·勃朗特 著	宋兆霖 译
012	老人与海	[美]欧内斯特·海明威 著	孙致礼 译
013	傲慢与偏见	[英]简·奥斯丁 著	孙致礼 译
014	金阁寺	[日]三岛由纪夫 著	陈德文 译
015	月亮与六便士	[英]威廉·萨默赛特·毛姆 著	楼武挺 译
016	斜阳	[日]太宰治 著	陈德文 译
017	小妇人	[美]路易莎·梅·奥尔科特 著	梅静 译
018	人类群星闪耀时	[奥]斯蒂芬·茨威格 著	潘子立 译

019	我是猫	[日] 夏目漱石 著	竺家荣 译
020	伤心咖啡馆之歌	[美] 卡森·麦卡勒斯 著	李文俊 译
021	伊豆的舞女	[日] 川端康成 著	陈德文 译
022	爱的饥渴	[日] 三岛由纪夫 著	陈德文 译
023	假面的告白	[日] 三岛由纪夫 著	陈德文 译
024	白夜	[俄] 陀思妥耶夫斯基 著	郭家申 译
025	涅朵奇卡	[俄] 陀思妥耶夫斯基 著	郭家申 译
026	带小狗的女人	[俄] 契诃夫 著	沈念驹 译
027	狗心	[苏] 米哈伊尔·布尔加科夫 著	曹国维 译
028	黑暗的心	[英] 约瑟夫·康拉德 著	黄雨石 译
029	美丽新世界	[英] 阿道斯·赫胥黎 著	章艳 译
030	初恋	[俄] 屠格涅夫 著	沈念驹 译
031	舞姬	[日] 森鸥外 著	高慧勤 译
032	一个孤独漫步者的遐想	[法] 让-雅克·卢梭 著	袁筱一 译
033	欧也妮·葛朗台	[法] 巴尔扎克 著	傅雷 译
034	高老头	[法] 巴尔扎克 著	傅雷 译
035	田园交响曲	[法] 安德烈·纪德 著	李玉民 译
036	背德者	[法] 安德烈·纪德 著	李玉民 译
037	鼠疫	[法] 阿尔贝·加缪 著	李玉民 译
038	好人难寻	[美] 弗兰纳里·奥康纳 著	于是 译
039	流动的盛宴	[美] 欧内斯特·海明威 著	李文俊 译
040	一个青年艺术家的画像	[爱尔兰] 詹姆斯·乔伊斯 著	黄雨石 译
041	太阳照常升起	[美] 欧内斯特·海明威 著	吴建国 译
042	永别了,武器	[美] 欧内斯特·海明威 著	孙致礼 周晔 译

043	理智与情感	[英]简·奥斯丁 著	孙致礼 译
044	呼啸山庄	[英]艾米莉·勃朗特 著	孙致礼 译
045	一间自己的房间	[英]弗吉尼亚·伍尔夫 著	步朝霞 译
046	流放与王国	[法]阿尔贝·加缪 著	李玉民 译
047	巴黎圣母院	[法]维克多·雨果 著	李玉民 译
048	卡门	[法]梅里美 著	李玉民 译
049	伪币制造者	[法]安德烈·纪德 著	盛澄华 译
050	潮骚	[日]三岛由纪夫 著	唐月梅 译
051	了不起的盖茨比	[美]F. S. 菲茨杰拉德 著	吴建国 译
052	夜色温柔	[美]F. S. 菲茨杰拉德 著	唐建清 译
053	包法利夫人	[法]居斯塔夫·福楼拜 著	罗国林 译
054	羊脂球	[法]莫泊桑 著	李玉民 译
055	一个陌生女人的来信	[奥]斯蒂芬·茨威格 著	韩耀成 译
056	象棋的故事	[奥]斯蒂芬·茨威格 著	韩耀成 译
057	古都	[日]川端康成 著	高慧勤 译
058	大师和玛格丽特	[苏]米哈伊尔·布尔加科夫 著	曹国维 译
059	禁色	[日]三岛由纪夫 著	陈德文 译
060	鳄鱼街	[波兰]布鲁诺·舒尔茨 著	杨向荣 译
061	呐喊		鲁迅 著
062	彷徨		鲁迅 著
063	故事新编		鲁迅 著
064	呼兰河传		萧红 著
065	生死场		萧红 著
066	骆驼祥子		老舍 著

067	茶馆	老舍 著
068	我这一辈子	老舍 著
069	竹林的故事	废名 著
070	春风沉醉的晚上	郁达夫 著
071	垂直运动	残雪 著
072	天空里的蓝光	残雪 著
073	永不宁静	残雪 著
074	冈底斯的诱惑	马原 著
075	鲜花和	陈村 著
076	玫瑰的岁月	叶兆言 著
077	我和你	韩东 著
078	是谁在深夜说话	毕飞宇 著
079	玛卓的爱情	北村 著
080	达马的语气	朱文 著
081	英国诗选	[英]华兹华斯 等 著　王佐良 译
082	德语诗选	[德]荷尔德林 等 著　冯至 译
083	特拉克尔全集	[奥]格奥尔格·特拉克尔 著　林克 译
084	拉斯克-许勒诗选	[德]拉斯克-许勒 著　谢芳 译
085	贝恩诗选	[德]戈特弗里德·贝恩 著　贺骥 译
086	杜伊诺哀歌	[奥]里尔克 著　林克 译
087	致俄耳甫斯的十四行诗	[奥]里尔克 著　林克 译
088	巴列霍诗选	[秘鲁]塞萨尔·巴列霍 著　黄灿然 译
089	卡瓦菲斯诗集	[希腊]卡瓦菲斯 著　黄灿然 译
090	智惠子抄	[日]高村光太郎 著　安素 译

091	红楼梦	[清] 曹雪芹 著
092	西游记	[明] 吴承恩 著
093	水浒传	[明] 施耐庵 著
094	三国演义	[明] 罗贯中 著
095	封神演义	[明] 许仲琳 著
096	聊斋志异	[清] 蒲松龄 著
097	儒林外史	[清] 吴敬梓 著
098	镜花缘	[清] 李汝珍 著
099	官场现形记	[清] 李宝嘉 著
100	唐宋传奇	程国赋 注评
101	茶经	[唐] 陆羽 著
102	林泉高致	[宋] 郭熙 著
103	酒经	[宋] 朱肱 著
104	山家清供	[宋] 林洪 著
105	陈氏香谱	[宋] 陈敬 著
106	瓶花谱 瓶史	[明] 张谦德 袁宏道 著
107	园冶	[明] 计成 著
108	溪山琴况	[明] 徐上瀛 著
109	长物志	[明] 文震亨 著
110	随园食单	[清] 袁枚 著